अजय शुक्ला

जन्म : 7 जुलाई, 1955। आपने लखनऊ विश्वविद्यालय से एम.ए. किया है तथा 1980 में आप भारतीय रेल यातायात सेवा में अधिकारी हुए। वर्ष 2015 में सदस्य यातायात के पद से आप सेवानिवृत हुए तथा अब लखनऊ में रह रहे हैं।

आपकी रचनाएँ हैं :

हिन्दी में

1. 'दूसरा अध्याय' : साहित्य कला परिषद द्वारा पुरस्कृत (नाटक)
2. 'ताजमहल का टेंडर' : मोहन राकेश सम्मान से पुरस्कृत (नाटक)
3. 'ताजमहल का उद्घाटन' (नाटक)
4. 'प्रश्नचिह्न' (काव्य संग्रह)
5. 'प्रतिबोध' (काव्य)

अंग्रेजी में :

i. Silent Raindrops
ii. Philosophy of Bhagavada Gita
iii. 4 Lane Expressway to Stress Management and Happiness
iv. E books - Yoga : Karma to Nirvana, Awakening, Muddle Management, My 'Life' as a Ghost, Smile

आकाशवाणी के लिए लिखे एकमात्र नाटक 'हम होंगे कामयाब' के लिए आप राष्ट्रीय पुरस्कार से सम्मानित।

सम्पर्क : आईवी-3, रेल विहार, सेक्टर एल.एल.डी.ए., आशियाना, लखनऊ-226012

ajay.shukla1955@gmail.com

दूसरा अध्याय

अजय शुक्ला

राजकमल पेपरबैक्स

राजकमल पेपरबैक्स में
पहला संस्करण : 2016

राजकमल पेपरबैक्स : उत्कृष्ट साहित्य के जनसुलभ संस्करण

राजकमल प्रकाशन प्रा. लि.
1-बी, नेताजी सुभाष मार्ग, दरियागंज
नई दिल्ली-110 002
द्वारा प्रकाशित

शाखाएँ : अशोक राजपथ, साइंस कॉलेज के सामने, पटना-800 006
पहली मंजिल, दरबारी बिल्डिंग, महात्मा गांधी मार्ग, इलाहाबाद-211 001
36 ए, शेक्सपियर सरणी, कोलकाता-700 017

वेबसाइट : www.rajkamalprakashan.com
ई-मेल : info@rajkamalprakashan.com

बी.के. ऑफसेट
नवीन शाहदरा, दिल्ली-110 032
द्वारा मुद्रित

मूल्य : ₹ 99

आवरण फोटो : लेखक के सौजन्य से

DOOSARA ADHYAY
Play by Ajay Shukla

ISBN : 978-81-267-2917-3

लेखक के दो शब्द

सामान्यत: नाटककार को जो भी कहना होता है वह नाटक में ही कह दिया जाता है और नाटक के पात्र ही उसकी भावनाओं की अभिव्यक्ति करते हैं। इसके अतिरिक्त उसके पास कुछ कहने को होना भी नहीं चाहिए। विशेषत: तब जब नाटक अत्यधिक गहन भावनाओं से, समाज के स्थापित मूल्यों से, और संवेदनाओं से जुड़ा हुआ हो। इसी कारण नाटक 'दूसरा अध्याय' के विषय में कुछ भी कहने में मुझे सदैव बहुत संकोच रहा है।

तथापि...

इस नाटक को दो स्तरों पर देखा जा सकता है। प्रथम दृष्टि पर यह मात्र एक प्रेम प्रकरण प्रतीत हो सकता है। यह प्रकरण स्थापित सामाजिक बन्धनों के अतिरिक्त होने के कारण जिज्ञासा एवं कौतूहल का विषय हो जाता है। सदैव रहा है, सदैव रहेगा। क्या यह उचित है? मर्यादा की क्या अपेक्षा है? अभय और नीरजा अचानक मिलते हैं और इतने निकट आ जाते हैं कि पुराने सम्बन्धों को छोड़कर एक 'दूसरा अध्याय' प्रारम्भ करने का विचार कर लेते हैं। ऐसा क्यों हो जाता है? और अब आगे वे क्या करेंगे, कैसे करेंगे? ये प्रश्न नाटक को रोचक बनाए रहते हैं। अनेक दर्शकों को प्रतीत होता है कि कभी-न-कभी वे भी इसी नाटक के पात्र रहे थे, या सम्भवत: आज भी हैं, या अभया या नीरजा।

किन्तु इससे ऊपर देखा जाए तो कुछ और प्रश्न उठकर आते हैं। हम जो कर रहे हैं क्या उस पर हमारा कोई नियंत्रण है? ऐसा कैसे हो जाता है कि अचानक परिस्थितियाँ हमें किसी अन्य ही दिशा में ले जाती हैं, और हम अपनी प्रकृति के वशीभूत होकर कालचक्र के द्वारा निर्धारित मार्ग पर चल पड़ते हैं।

भगवद्-गीता का यही विषय है। गीता के अन्त में श्री कृष्ण कहते हैं, 'हे अर्जुन, तुम यह जो कह रहे हो कि तुम युद्ध नहीं करोगे यह तुम्हारा अहं (भ्रम) है। जब युद्ध प्रारम्भ होगा तब तुम्हारी योद्धा (क्षत्रिय) प्रकृति तुम्हें स्वयं युद्ध की तरफ़ ले जाएगी।

जीवन प्रश्न-चिह्नों से भरा है। मेरे पास न कोई उत्तर है न ही कोई सन्देश। इसी कारण नाटक का अन्त भी एक प्रश्न-चिह्न ही छोड़ जाता है। अनेक दर्शकों ने मुझसे पूछा है कि अभय और नीरजा अन्त में मिले या नहीं?

मैं क्या जानूँ। यह तो अभय से पूछिए, या नीरजा से।

यह मेरा पहला नाटक था। मुझे इसका आभास भी नहीं था कि केवल दो पात्रों का नाटक लिखकर मैं किस दुविधा का काम कर रहा हूँ। केवल दो पात्रों का नाटक करना कोई सहज प्रयास नहीं होता है, विशेषतः जब नाटक में कोई नौटंकी की सम्भावना न हो। इसी कारण कोई भी निर्देशक इस नाटक का मंचन करने का साहस, या कहें दुस्साहस करने से संकोच करता। 1998 में श्री रामगोपाल बजाज 'बज्जू भाई' के निर्देशन में इसका प्रथम मंचन दिल्ली के कमानी प्रेक्षागार में हुआ।

प्रिय गिरिजा शंकर को प्रीति स्मृतियों के साथ समर्पित।

—अजय शुक्ला

दृश्य-एक

[पर्दा हटने पर मंच पर अन्धकार है। कुछ पल की ख़ामोशी के पश्चात् एक माचिस जलने का प्रकाश होता है। माचिस की हलकी रोशनी से पता चलता है कि एक पुरुष ने सिगरेट जलाई है। इसी के साथ गोलाकार प्रकाश पुरुष पर केन्द्रित होता है। पुरुष एक कुर्सी पर बैठा है। उसकी उम्र लगभग 45 वर्ष है, व्यक्तित्व आकर्षक है। उसके कपड़े क़ीमती एवं सौम्य हैं। आँखों पर सुनहरे फ्रेम का चश्मा है। पुरुष सिगरेट पीता हुआ छत की तरफ़ देख रहा है, मानो किसी विचारधारा में खोया हुआ हो। अचानक उसका ध्यान दर्शकों की तरफ़ जाता है। दर्शकों को घूरता है फिर सिगरेट को सामने रखी मेज़ पर पड़ी ऐशट्रे में कुचल देता है। मेज़ पर रखे पानी के गिलास को उठाते हुए खड़ा हो जाता है। फिर पानी के दो-तीन घूँट पीकर जेब से रूमाल निकालकर मुँह पोंछता है। गिलास मेज़ पर रख कुछ क़दम दर्शकों की तरफ़ बढ़ाता है। गोलाकार प्रकाश उसी पर केन्द्रित रहता है। फिर दर्शकों को सम्बोधित करता है।]

अभय : मेरा नाम अभय है। सरनेम भी है, पर उसके लिए न तो मैं ज़िम्मेदार हूँ न उससे आपको कुछ लेना। तो छोड़िए उसे। कुछ और जानना चाहते हैं मेरे बारे में! छोड़िए। दूसरे के व्यक्तिगत मामलों में ये कौतूहल ठीक नहीं। प्रश्न ये नहीं है कि मैं कौन हूँ बल्कि प्रश्न ये है कि मैं यहाँ क्यों आया हूँ। यहाँ मैं अक्सर आता हूँ। पर क्यों! शायद सोचने कुछ पुरानी बातें। एक तो इस रेस्त्राँ में भीड़ नहीं होती है। यहाँ आकर दोहरा लेता हूँ कुछ

ज़िन्दगी के वे मोड़ जो अभी भी ज़हन में कल की घटना के समान हैं। ऐसी बातें सोचने के लिए शान्ति चाहिए जो यहाँ है। इसीलिए हम और नीरजा भी अक्सर यहीं आकर मिलते थे और बातें करते थे।

[कुछ पल चुप रहता है मानो कुछ सोच रहा हो।]

अभय : मैं हमेशा समय से कुछ पहले ही आ जाता था और फिर करता रहता था प्रतीक्षा। कह नहीं सकता, कहीं ऐसा तो नहीं कि...शायद अभी भी...अभी भी...मैं प्रतीक्षा कर रहा हूँ उसके आने की। कुछ बातें ऐसी होती हैं कि जानते हुए भी हम नहीं मानना चाहते कि ऐसा नहीं हो सकता है।

आप शायद जानना चाहेंगे कि ये नीरजा कौन है। ख़ैर चलिए मैं बताता हूँ। नीरजा से मैं पहली बार आज से क़रीब दस साल पहले मिला था। कितना लम्बा समय निकल गया न। तब मैं सैंतीस-अड़तीस साल का था। न बूढ़ा, न जवान, या कह लें, अलग-अलग सन्दर्भ में दोनों। कैरियर में बहुत अच्छा जा रहा था। महत्त्वाकांक्षी तो नहीं मानूँगा अपने आपको पर हाँ, ये अहम ज़रूर था कि मैं अपने साथियों से बेहतर हूँ, ज़्यादा डिज़रविंग हूँ और आगे जाऊँगा। मेहनती शुरू से रहा यानी मेरा प्रोफेशनल जीवन मात्र सफलता की सीधी लकीर रही। हाँ व्यक्तिगत जीवन...

[मेज़ पर रखा पानी का गिलास उठाकर पीता है।]

उतार-चढ़ाव रहे तो अपने व्यक्तिगत जीवन में। मैंने कभी किसी के बारे में बुरा नहीं बोला है सो केवल इतना कहूँगा कि जब मैं नीरजा से मिला तब तक ये

मान चुका था कि काम में अपने आप को भुला देना ही भला है। और उससे जो सफलता, जो कम उम्र में प्रतिष्ठा मिल रही थी, उसका भी अपना नशा था। पर वो मैं-मैं न था। न मेरी माँग थी। इस आभास से छुटकारा भी नहीं मिला कभी। कभी-कभी लगती थी कुछ शून्यता सी। सोचा शायद होगी ये शून्यता मेरे ही अन्त:करण में कहीं।

और तब मैं एक मैनेजमेंट ट्रेनिंग कोर्स में मद्रास गया और वहाँ मुलाक़ात हुई नीरजा से। वो भी नौकरी करती थी, सुसंस्कृत थी, शादी-शुदा और लगभग मेरी ही उम्र की। ये जानकर अच्छा लगा कि हम दोनों दिल्ली से हैं। पर कभी पहले मिले नहीं थे। बस वहाँ पन्द्रह दिन साथ रहे और लगा सबकुछ बदल सा गया।

[अभय फिर कुर्सी पर जा बैठता है और छत की तरफ़ देख विचारों में खो गया सा प्रतीत होता है। नेपथ्य से उसी के स्वर में—]

कभी-कभी सोचता हूँ कि—
अचानक इस समूह में मिला ये अपरिचित
क्यों इतना अपना सा प्रतीत होता है
क्यों लगता है अपना
अपना खोया अर्ध स्वयं सा
और ये प्रणय आभास
कैसे बदल देता है सब कुछ
बादलों में, वर्षा में
बिजली और गर्जना में
कुछ उत्साह प्रतीत होता है
कुछ नए अर्थ की चाह होती है
हर यथार्थ में

प्रकृति का प्रतिक्रम अर्थहीन संवेदनहीन है
हमारा ही बदल जाता है दृष्टिकोण
फिर सिद्धान्तों का क्या मूल्य
जब हम ख़ुद ही बदल जाते हैं।

[प्रकाश कम होता जाता है। अभय दाहिनी ओर देखता है। गोल प्रकाश केन्द्रित होता है मंच के दाहिने कोने पर और एक महिला का प्रवेश। अधेड़ उम्र के चिह्न किन्तु बहुत सुव्यवस्थित एवं आकर्षक व्यक्तित्व। प्रकाश अभय पर भी आता है। वो बैठा ही रहता है।]

नीरजा : अभय। *(दर्शकों को सम्बोधित करते हुए)*

अभय : हाँ नीरजा। *(बैठे-बैठे ही)*

नीरजा : तुम्हें ये तो नहीं लगता कि हम भावनाओं में...

अभय : नहीं। इन्फैचुएशन की भी उम्र होती है। शायद हम लोग ज़्यादा मैच्योर्ड हो गए थे।

नीरजा : तुम कहना चाहते हो कि मैंने या तुमने सच्चा प्यार नहीं किया।

अभय : नीरजा, मैं कह नहीं सकता सच्चा प्यार या झूठा ही क्या होता है। पर हमारे बीच जो भी था क्षणिक नहीं था। बहुत स्थाई था। तभी तो आज भी हम एक दूसरे के बारे में सोचते हैं। पर शायद हम कमज़ोर थे, कायर रहे, या कुछ पुट था शंका का अपने निर्णय पर, तभी तो आधे रास्ते से लौट पड़े।

नीरजा : तुम मुझे तो दोष नहीं दे रहे हो!

अभय : नहीं। मैंने कभी किसी और को दोष नहीं दिया। अगर कभी कुछ नहीं पा सका तो दोष मैंने सिर्फ़ अपने आपको दिया। क्यों नहीं कर सका मैं वो जो इतने लोग करते हैं...एक नया जीवन शुरू करना...

[अचानक पूरा अँधेरा हो जाता है। फिर पुनः प्रकाश केन्द्रित होता है अभय पर। नीरजा नहीं है मंच पर। प्रकाश पड़ने पर दो क्षण तक स्तब्ध सा अभय, फिर दर्शकों पर ध्यान देता है। उठकर दर्शकों को सम्बोधित करता है।]

अभय : इसीलिए आता हूँ मैं यहाँ। शायद नीरजा तो अब कभी नहीं आएगी। पर हाँ ये स्मृतियाँ और ये कल्पनाएँ, इन पर तो मेरा पूरा अधिकार है। हाँ तो मैं कह रहा था कि पन्द्रह दिन हम लोग साथ रहे...

[फिर अचानक पूर्ण अन्धकार। अँधेरे में नीरजा की आवाज़ आती है।]

नीरजा : पन्द्रह नहीं सोलह। ट्रेन में भी तो हम साथ थे।

[प्रकाश केन्द्रित होता है अभय पर। अभय मुस्कुराता हुआ]

अभय : हाँ सोलह। राइट। और लगा कि बस, हम लोग...

[अभय चलता हुआ बैठ जाता है कुर्सी पर और सिगरेट जलाता है। नेपथ्य से अभय और नीरजा की आवाज़ें आती हैं। प्रकाश थोड़ा और कम हो गया है। दोनों की आवाज़ों में यौवनता है।]

अभय : नीरजा!

नीरजा : क्या?

अभय : मुझे लगता है!

नीरजा : क्या?

अभय : यू आर माई सोलमेट।

नीरजा : *(ज़ोर की हँसी के साथ)* पागल।

अभय : अच्छा मैं पागल हूँ!

नीरजा : हाँ!

अभय : क्यूँ?

नीरजा : क्योंकि तुम मुझे चाहने लगे हो!

अभय : क्यों?

नीरजा : बिकौस आई हैव औल्सो स्टार्टेड लविंग यू।

अभय : सच नीरजा!

नीरजा : जी हाँ! कुछ समझ में नहीं आ रहा है ये क्या हो रहा है, पर ऐसा कभी हुआ नहीं। (विराम) सुनो... अभय...

अभय : हाँ! क्या।

[शान्ति]

नीरजा : शायद हमें अब यहीं रुक जाना चाहिए।

अभय : तुम रुक पाओगी।

[ट्रेन चलने की आवाज़ें, मानो पटरियों पर ट्रेन जा रही हो। नीरजा के गाने का स्वर आता है—]

हवा भी है जवाँ जवाँ
फिज़ा भी है रवाँ रवाँ
सुना रहा है ये समाँ
सुनी सुनी सी दास्ताँ

अभय : नीरजा बस कुछ घंटे और हैं।

नीरजा : हूँ।

अभय : फिर?

नीरजा : इनको पहले पूरा जी लो।

अभय : और उसके बाद?

नीरजा : अभी सोचा नहीं।

अभय : तो?

नीरजा : थोड़ा इन्तज़ार करो। बताऊँगी।

[प्रकाश तेज़ केन्द्रित होता है अभय पर। अभय उठ जाता है। फिर दर्शकों की ओर...]

अभय : एक अजीब सी मनःस्थिति में मैं लौटा। अशान्त तो रहता था पहले भी पर इस अशान्ति में भी एक हलचल मची। एक शान्त सी अस्थिरता, एक गूँगा भूचाल। मानो बादल हट गए हों और सभी प्रश्नचिह्न स्वतः डूब गए हों उस कोलाहल में। और फिर कुछ दिनों बाद इसी जगह, शायद कोई दस वर्ष पहले मिले, बैठे कुछ निर्णायक बातें करने।

[पूर्ण अन्धकार]

[फोन की घंटी की आवाज़ नेपथ्य से आती है। संवाद भी नेपथ्य से होता है।]

पुरुष : हैलो।

अभय : इज़ इट फाइव जीरो सेवेन जीरो वन।

पुरुष : येस।

अभय : ज़रा नीरजा जी को बुला दें।

पुरुष : आप कौन साब बोल रहे हैं?

अभय : मैं दिवाकर राओ बोल रहा हूँ।

पुरुष : अच्छा साब, अभी देता हूँ फोन।

[कुछ पल बाद]

नीरजा : हैलो। *(सामान्य आवाज़ में)*

अभय : अरे मैं दिवाकर नहीं अभय बोल रहा हूँ।

नीरजा : यू क्रुक (आवाज़ में तेज़ी और उत्साह) वाई यू हैड टू डू दिस ट्रिक।

अभय : अरे जिससे लोग भी समझें कि तुम्हारे पति का ही फोन है और तुम भी दौड़ी चली आओ।

नीरजा : यू...बड़े बदमाश हो।

अभय : हाँ, वो तो हूँ।

नीरजा : आई नो।

अभय : अच्छा ये बताओ कब मिल रही हो?

नीरजा : तुम बोलो?

अभय : आज शाम।

नीरजा : कहाँ?

अभय : सनबेकर्स रेस्त्राँ। सी पी इन्नर सर्किल।

नीरजा : जानती हूँ, टाइम?

अभय : साढ़े तीन दोपहर। उस समय रेस्त्राँ में कोई नहीं होता है। आराम से बात कर पाऊँगा।

नीरजा : ओ.के.। सी यू।

अभय : सी यू। और सुनो।

नीरजा : क्या?

अभय : आई लव यू।

नीरजा : शट अप। बाई।

अभय : और सुनो।

नीरजा : हाँ क्या है?

अभय : वो बुड्ढा वहीं है।

नीरजा : कौन?

अभय : तेरा बॉस।

नीरजा : हाँ, ओ.के. बाई। *(जल्दी से)*

[फोन रखने की आवाज़ आती है।]

[पूरे मंच पर हलका-हलका प्रकाश होना शुरू होता है। एक रेस्त्राँ का दृश्य दिखाया गया है। दूर-दूर पर सुसज्जित चार-चार कुर्सियों वाली मेज़ें हैं।

अभय का प्रवेश। उम्र बहुत कम। युवक सा।

कपड़े आकर्षक पर सौम्य। आकर पहले चारों तरफ़ देखता है, फिर घड़ी की तरफ़, फिर कोने की मेज़ की कुर्सी पर बैठ जाता है। वेटर आकर पानी रखता है और ठिठककर रुक जाता है।]

वेटर : क्या लेंगे साब!

अभय : अभी बताता हूँ।

[वेटर जाता है। अभय कभी घड़ी कभी दरवाज़े की ओर देखता है। कुछ क्षण बाद नीरजा का प्रवेश। चाल तेज़, यौवनता, बाल थोड़े अस्त-व्यस्त। प्रवेश के साथ ही धूप का चश्मा उतारती है, कुछ पल रुककर देखती है, फिर अभय को देखकर ज़ोर से मुस्कुराती हुई जाकर अभय के सामने वाली कुर्सी पर बैठ जाती है। दोनों एक दूसरे को देखते हैं और मेज़ के ऊपर हाथ बढ़ाकर एक दूसरे के हाथों का स्पर्श करते हैं। नीरजा आँखें बन्द कर गहरी साँस लेती है और हाथ खींचकर आराम से हो जाती है फिर अभय का पिया पानी का गिलास उठाकर बाक़ी पानी पी जाती है।]

नीरजा : बड़ी गर्मी हो रही है।

अभय : कैसी हो नीरजा?

नीरजा : ठीक! तुम कैसे हो?

अभय : ठीक हूँ।

नीरजा : कब से इन्तज़ार कर रहे हो?

अभय : *(मुस्कुराकर)* जब से तुमसे मिला हूँ।

[नीरजा ज़ोर से हँसती है। वेटर के आने से चुप हो जाती है। वेटर दो गिलास पानी रखता है।]

अभय : क्या लोगी?

[नीरजा देखकर फिर मुस्कुराती है।]

नीरजा : टी कॉफी और...माइन इज़ द थर्ड च्वाइस।

अभय : अरे यहाँ *(वेटर से)* दो कोल्ड कॉफी।

[वेटर चला जाता है।]

अभय : हाँ अब बोलो कैसी हो।

नीरजा : बिलकुल ठीक। तुम बताओ। लग गए वापिस काम पर।

अभय : हाँ। कल भी गया था।

नीरजा : कल ही। माई गॉर्ड। आते ही ऑफिस चले गए।

अभय : हाँ। और करता क्या।

नीरजा : मैं तो कल सारे दिन सोती रही। इतनी थकान सी लग रही थी। दिवाकर ने भी छुट्टी ले ली थी कल। सच ये मद्रास का ट्रिप काफ़ी टायरिंग रहा।

अभय : हाँ! मैं आकर साढ़े ग्यारह तक नहा-धोकर तैयार हो गया। फिर घर में क्या करता। सो ऑफिस चला गया। तुम्हें फोन किया था ऑफिस से तो पता चला तुम आज नहीं आओगी।

नीरजा : यहाँ ऑफिस छोड़-छोड़कर मिलने की क्या सूझी?

अभय : ऑफिस में कुछ मन नहीं लग रहा था। तुमसे मिलने का मन था।

नीरजा : मैं जानती थी तुम्हारा फोन ज़रूर आएगा।

अभय : जानती थी या चाहती थी।

नीरजा : इन्तज़ार कर रही थी।

अभय : नीरजा!

नीरजा : हाँ अभय...बोलो।

अभय : नीरजा, पन्द्रह दिन इतना साथ रहने के बाद पिछले चौबीस घंटे से अधिक तुमसे दूर रहा। कुछ बड़ा अजीब सा लगता रहा। नहीं!

नीरजा : कैसा अजीब सा!

अभय : कुछ अच्छा सा नहीं। जैसे कहीं कुछ मिस्सिंग हो।

नीरजा : मैं जो मिस्सिंग थी। *(ज़ोर से हँसती है।)*

अभय : तुम ऐसे क्यों हँसती हो। मैं सीरियस हूँ।

नीरजा : तो क्या करूँ?

अभय : जानती हो, तुम्हारा ये खुलकर हँसना मुझे बहुत अच्छा लगता है। पर कभी-कभी ये...

नीरजा : *(मुस्कुराते हुए)* क्या हुआ...बोलो!

अभय : बोलूँ!

नीरजा : हाँ...बताओ क्या कभी-कभी!

अभय : कभी-कभी लगता है...मानो इस हँसी के पीछे तुम कुछ छिपा रही हो।

नीरजा : *(शान्त होकर, कुछ सोचकर)* हाँ...शायद कुछ...अभय तुम मेरी हर बात कैसे समझ लेते हो...

अभय : ऐसे ही।

नीरजा : क्या लगा तुम्हें।

अभय : कुछ नहीं। तुम तो यूँ ही सीरियस हो गई। हँसो-हँसो। आई लाइक इट।

नीरजा : क्या करूँ बोलो, रोते रहने से तो हँसना अच्छा है। है ना! मुझे वो लोग ठीक नहीं लगते जो हर समय कुछ न कुछ लेकर रोते से रहते हैं।

अभय : जस्ट लाइक मी।

नीरजा : ऑबवियसली। *(फिर ज़ोर से हँसती है।)*

अभय : हाँ! तो मैं कह रहा था कि...

नीरजा : कि तुमने मुझे बहुत मिस किया। *(फिर हँसती है।)*

अभय : हाँ, अच्छा ये बताओ तुम्हें कैसा महसूस हुआ।

नीरजा : कब?

अभय : पिछले चौबीस घंटों में।

नीरजा : मैं तो ज़्यादा समय सोती ही रही। फिर बच्चे पीछे पड़े रहे, इतने दिनों बाद आई थी न। इन फैक्ट पहली बार बच्चों को छोड़कर ऐसे बाहर निकली। पहले और भी

ट्रेनिंग कोर्सेस आए थे, पर मैं नहीं जाती थी। किसी न किसी बहाने से मैं एक्सप्पशन ले लेती थी।

अभय : फिर इस बार क्यूँ गई।

नीरजा : ऊब सी गई थी।

अभय : किस चीज़ से?

नीरजा : कोई खास चीज़ से नहीं। बस यूँ ही। रोज़-रोज़ की मानोटोनस ज़िन्दगी से कह लो। बैठे-बैठे बिना बात के खीज सी होती थी। तभी ये चांस आया। मैंने सोचा चलो अच्छा चेंज हो जाएगा। बोर सी हो गई थी।

अभय : और कैसा चेंज रहा?

नीरजा : अरे मुझे तो लग रहा है मैं ही चेंज हो गई।

[दोनों ज़ोर से हँसते हैं।]

अभय : गुड! और क्या करती रही कल सारे दिन?

नीरजा : बस बातें होती रहीं। बताया मद्रास ट्रिप के बारे में।

अभय : और!

नीरजा : और क्या!

अभय : और कुछ नहीं?

नीरजा : तुम्हारे बारे में सोचती रही। कुछ बातें सोचकर बैठे-बैठे हँसी आ जाती थी। अभय तुम भी कैसे फनी हो। तिवारी साब के मैजिक शो वाली बात तो जब सोचती हूँ हँसी आती है। तुम भी बस। दिवाकर को भी बताया मैंने कि...

अभय : *(दूसरे भाव से)* कोई ऐसी बात रह तो नहीं गई जो दिवाकर को बताने से भूल गई हो।

नीरजा : *(शरारती मुस्कान से)* हाँ। एक रह गई।

अभय : *(गम्भीर)* क्या!

नीरजा : यही कि मैं एक पागल लड़के से प्यार करने लग गई।

अभय : ना मैं पागल हूँ न लड़का। आई एम थर्टी सेवन् एंड...

नीरजा : जानती हूँ। पर कभी-कभी बच्चे से लगते हो।

[वेटर कोल्ड कॉफी लेकर आता है और रखकर चला जाता है। अभय एक सिगरेट जलाता है।]

अभय : नीरजा!

नीरजा : हाँ बोलो!

अभय : तुमने मुझे मिस किया।

नीरजा : यही पूछना चाह रहे थे इतनी देर से ना... *(हँसती है।)* हाँ! बहुत मिस किया।

अभय : फिर फोन क्यों नहीं किया! मिली क्यों नहीं कल!

नीरजा : बताया न। सोती रही। फिर बच्चे...

अभय : ये तो मैं नहीं मान सकता कि दो मिनट फोन करने का भी समय न मिला। या दिवाकर घर पर ही था इसलिए फोन नहीं कर पाई!

नीरजा : शायद इसीलिए। *(गम्भीर होकर)*

अभय : तो तुम अपने घर से किसी को एक फोन भी...

नीरजा : छोड़ो। मैंने सोचा कल ऑफिस जाकर आराम से बात करूँगी। तुम बताओ तुम क्या करते रहे।

अभय : कुछ खास नहीं। वही रूटीन। तुम्हारे बारे में सोचता रहा। तुम्हारे गाये गाने दोहराता रहा। तुम सच बहुत अच्छा गाती हो।

[कुछ पल शान्ति रहती है। दोनों एक दूसरे को देखते हैं, मानो दोनों कुछ कहना चाहते हों पर कह नहीं पा रहे हैं। प्रकाश कम होता है। बहुत धुँधला सा प्रकाश केन्द्रित है दोनों पर, शेष पूर्ण अन्धकार। दोनों स्थिर एक दूसरे की ओर देख रहे हैं। नेपथ्य से जल्दी-जल्दी अभय और नीरजा की आवाज़ें आती हैं।]

नीरजा : तुम कल नाराज़ होकर चले गए, तुम्हें पता है, मैं सारी रात नहीं सो पाई।

अभय : तुम्हें पता है तुम्हारे लिए मैं प्रौन्स ढूँढ़ने कहाँ-कहाँ भटका।

नीरजा : खाना खाया?

अभय : भाड़ में जाए खाना। किसी को क्या।

नीरजा : मैं क्या करती? सभी साथ थे। तुम्हें भी पूछ रहे थे।

अभय : भाड़ में जाएँ सब।

नीरजा : अभय मैं ये मेस का खाना खा-खाकर बोर हो गई हूँ।

अभय : आज चलो तुम्हें प्रौन्स खिलाता हूँ।

नीरजा : प्रौन्स! लवली। यहीं ले आओ। बरामदे में बैठकर आराम से खाएँगे।

अभय : कह नहीं सकती थी कि तुम्हें बाहर जाना है।

नीरजा : औकवर्ड सा लगता।

अभय : और मैं जो तीन घंटे यहाँ तुम्हारा वेट करता रहा।

नीरजा : चलो अब खा लो।

अभय : फोरगेट अबाऊट इट।

नीरजा : लगता है। काफ़ी पी ली है।

अभय : हाँ। और भी लूँगा। तुम्हें क्या?

नीरजा : कुछ नहीं। किसी और की नहीं अपनी तो चिन्ता करो।

अभय : तुम्हें क्या?

नीरजा : अभय रुको, कहाँ जा रहे हो, रुको। *(प्रतिध्वनि रुको-रुको-रुको)*

[प्रकाश तेज़ हो जाता है।]

अभय : क्या हुआ?

नीरजा : कुछ नहीं। यूँ ही सोच रही थी।

अभय : क्या!

नीरजा : यही सब। ऐसे तुमसे मिलना...इतने कम समय में इतनी इन्टीमैसी हो जाना।

अभय : हाँ। मैंने तो कभी नहीं सोचा था। कभी कोई ऐसा भी मिलेगा जो इतना अपना सा लगेगा।

[कुछ पल शान्ति]

अभय : अच्छा ये बताओ अब क्या सोचा है।

नीरजा : किस बारे में?

अभय : अपने बारे में।

नीरजा : मैं समझी नहीं।

अभय : तुम सब समझ रही हो। यही तो अपनी दोस्ती का कारण रहा कि हम एक दूसरे को पूरी तरह समझते हैं।

नीरजा : सच! मैंने अभी सोचा नहीं है।

अभय : सच?

नीरजा : असल में मैं अकेले इस बारे में ठीक से सोच भी नहीं पाई, सोचा तुमसे मिलकर बात करूँगी। तुम बोलो। तुमने तो सोच लिया होगा।

अभय : हाँ! तुम्हें बता भी दिया था।

नीरजा : क्या?

अभय : यही कि नीरजा, तुमसे मिलने के बाद, तुम्हें समझने के बाद बड़ी शान्ति सी मिली। ये भी लगा कि ये भावना मात्र मेरी अपनी तरफ़ से नहीं है। तुम भी ऐसा ही महसूस कर रही हो और अपने आपसे काफ़ी जिरह करने के बाद यही सोचा कि अगर हम दोनों हमेशा साथ रहें तो ज़िन्दगी कुछ और होगी, ज़िन्दगी में कुछ जान होगी।

नीरजा : जानते हो जब पहली बार तुम्हें देखा तो मुझे क्या लगा था।

अभय : फोर्मल इंट्रोडक्शन के समय?

नीरजा : हाँ।

अभय : बोलो क्या लगा।

नीरजा : यही कि तुम बड़े अकड़ू, बड़े घमंडी हो। अरियल स्टिफ नेक। जैसे किसी और को कुछ समझते ही नहीं हो।

अभय : सच?

नीरजा : हाँ। और मैंने सोचा था कि इस आदमी से मैं बात भी नहीं करूँगी। पता नहीं क्या समझता है अपने आपको।

अभय : मैंने तुम्हारी स्काउटिंग का मज़ाक उड़ाया था, इसलिए?

नीरजा : और भी...

अभय : पर ये बताओ, ये स्काउट लोग बाएँ हाथ से हैंडशेक क्यों करते हैं...और वो अजीब-अजीब-सी तालियाँ...

नीरजा : अच्छा शटअप! अगर स्काउटिंग के बारे में कुछ पता नहीं तो चुप रहो।

अभय : ओ.के., ओ.के.!

[शान्ति]

[दोनों हँसते हैं।]

अभय : फिर क्या हुआ?

नीरजा : फिर पाया...बड़ी जल्दी तुम्हें समझना शुरू कर दिया...पाया ये एक नकाब सा है, जो तुम दुनिया के लिए पहने हो। पर अन्दर से बड़े सॉफ्ट, बड़े सरल हो।

अभय : अच्छा?

नीरजा : हाँ।

अभय : कैसे जाना?

नीरजा : जब होस्टल की सीढ़ी से गिरकर मुझे चोट लगी, पूरी तुम्हारी वजह से, न तुम इतना ड्रिंक करके गुस्से से चल देते न मैं ऐसे पागल सी पीछे भागती, और कैसे फिसल के गिरी मैं। अगर सिर के बल गिरती तो पता है क्या होता, फारचुनेटली डॉ. काला भी तुम्हारे पीछे आ रहे थे। उन्होंने ही मुझे उठाया।

अभय : मैं भी तो तुरन्त आ गया था।

नीरजा : मुझे पता है। उस समय तुम्हारे चेहरे पर जो भाव देखे, तुम कुछ बोले नहीं, पर आँखों से सब कह दिया।

अभय : तुम्हें बहुत दर्द हुआ था न।

नीरजा : पर हमदर्दी और ग्लानि का भाव जो तुममें पाया...ऐसा लग रहा था ये सब और लोग न होते तो तुम शायद रो देते, पता नहीं क्या करते ...पर तुम बस चुप रहे। मानो अपने-आपको दोष दे रहे हो...यू वर सो कन्सर्ड अबाउट मी...पर तुम बस कुछ बोल न सके।

अभय : हम औरों की वजह से अपनों से भी अपने भाव छिपाते हैं...हैं न।

नीरजा : यानी!

अभय : यानी हमें ये कहने में कुछ शर्म सी, कुछ ग्लानि सी लगती है कि ये व्यक्ति मुझे अच्छा लगता है, प्यारा लगता है, कि इसका सुख-दुख मैं अपनाना चाहता हूँ।

नीरजा : हाँ। तब लगा तुम केयर करना जानते हो, इस अचेतन-से चेहरे के पीछे एक बहुत संवेदनशील व्यक्ति है। सब कुछ कह दिया तुम्हारी आँखों ने। तुम्हारी बनावटी अकड़, गम्भीरता, सारी एक्टिंग...

अभय : और क्या लगा?

नीरजा : यही...कि काश हम साथ होते। अकेले होते।

अभय : तो अब यही निर्णय है।

नीरजा : हाँ पर...

अभय : पर क्या?

नीरजा : पर अब ज़रा गम्भीरता से और वास्तविकता को भुलाए बिना सोचना है।

अभय : वास्तविकता...क्या वास्तविकता...क्या है वास्तविकता, बोलो।

[नाराज़ सा होकर]

नीरजा : आवाज़ तेज़ न करो। अब बताओ तुम चाहते क्या हो?

[अभय कुछ क्षण एकटक नीरजा को देखता

रहता है। नीरजा भी देखती है, फिर नज़रें झुका लेती है।]

अभय : तुम...फिर से कहलवाना चाहती हो तुम सुन लो कान खोलकर। नीरजा! मैं अपनी बाक़ी ज़िन्दगी तुम्हारे साथ बिताना चाहता हूँ। समझीं।

[कुछ पल शान्त रहकर]

नीरजा : कैसे। तुमने सोचा है ये कैसे हो पाएगा। आई एम मैरिड। न सिर्फ़ मेरी शादी को बारह साल हो गए हैं, मेरे दो बच्चे भी हैं। तुम्हें तो पता है।

अभय : हाँ! पता है। *(चुप हो जाता है।)*

नीरजा : अभय!

अभय : क्या?

नीरजा : प्लीज़! समझो।

अभय : क्या समझूँ। वही मैं समझ रहा हूँ। मैं तुम्हारे प्यार पर शक नहीं कर रहा रहूँ। पर तुम्हारी ये आन्तरिक कमज़ोरी तुम्हारे स्वभाव से मेल नहीं खा रही है। इट इज़ इरीटेटिंग मी।

नीरजा : अभय तुम बताओ मुझे, मैंने ये तो नहीं कहा कि मैं तुम्हारे साथ नहीं रहना चाहती। मैंने तो ख़ुद तुम्हें पाकर...

अभय : फिर क्या परेशानी है?

नीरजा : तरीक़ा।

अभय : बड़ा सीधा-सा है।

नीरजा : मैं क़ानूनी तरीक़े की बात नहीं कर रही।

अभय : मैं भी नहीं कर रहा।

नीरजा : फिर!

अभय : तुम सोच रही हो कि ये सालों से चल रहे सड़े-गले बन्धन कैसे तोड़े जाएँ। है न। यही बाधा है न!

नीरजा : हाँ। सच।

अभय : नीरजा। मैं बताऊँ...मुझे आज तक समझ में ये नहीं आया कि इन सामाजिक सम्बन्धों को बन्धन क्यों कहते हैं। बन्धन इज़ बोन्डेज। स्लेवरी।

नीरजा : तुम कहना चाहते हो मैं दिवाकर को छोड़ दूँ।

अभय : मैं कह रहा हूँ तुम वो करो जिससे तुम्हें शान्ति मिले, जिसमें तुम्हें आस्था हो। किसी को दिखाने के लिए एक झूठा जीवन मत जिओ। बस।

नीरजा : अभय! तुमसे मिलकर...अब मन से तो मैं कभी दिवाकर के साथ नहीं रह सकती। शायद पहले भी नहीं रही। पर जो भी हुआ अब ये...बच्चे...वो मेरी एक वास्तविकता है। और उनके बारे में मेरे मन में कोई मतभेद नहीं है।

अभय : ये स्वाभाविक भी है। होना भी चाहिए। पर तुम कहना क्या चाहती हो।

नीरजा : मेरा कुछ कर्तव्य है उनके प्रति।

अभय : कर्तव्य!

नीरजा : हाँ!

अभय : तुम्हारा मतलब है दायित्व का बोझ।

नीरजा : हाँ!

अभय : हूँ...*(कुछ सोचकर)* जानती हो...कभी-कभी आजकल मैं सोचने लगा हूँ कि हम लोग इसे बोझ क्यों कहते हैं।

नीरजा : शायद...शायद जब उसे छोड़ने का मन करने लगे तब दायित्व एक बोझ ही सा तो बन जाता है...नहीं?

अभय : वैरी वैल सेड...ठीक कहा...पर मैं एक चीज़ और सोचता हूँ।

नीरजा : क्या?

अभय : क्या हमारा अपने प्रति कोई दायित्व नहीं। क्या सारे दायित्व दूसरों के प्रति ही हैं।

नीरजा : मैं भी महसूस करती हूँ यही...आजकल।

अभय : आजकल...*(हँसकर)* पहले नहीं सोचा ये सब। पर अब सब कुछ बदल सा गया है ना।

नीरजा : हाँ! तुमसे मिलने के बाद। मैं ही बदल सी गई हूँ।

अभय : क्या बेसिक चेंज हुआ है?

नीरजा : शायद जीने की चाह हुई है।

अभय : पहले भी तो जी रही थी।

नीरजा : हाँ! पर अब लग रहा है वो एक बड़ी मरी-मरी सी ज़िन्दगी थी। दुख नहीं था, ये मानती हूँ पर कुछ भी नहीं था। अभय, जानते हो तुमसे मिलने के बाद पता चला कि ज़िन्दगी में इतनी जान भी हो सकती है। देखा करती थी लोगों को जीते हुए पर कभी ये नहीं सोचा कि मैं भी उनमें से हो सकती हूँ। और शादी के बाद तो सोचने का टाइम भी ज़्यादा नहीं मिला।

अभय : पर तुम्हारी मैरिड लाइफ तो नार्मल है।

नीरजा : मानती हूँ। दिवाकर एक अच्छा इनसान है। अपनी तरह से मुझे बहुत चाहता भी है। दोनों बच्चों से भी बहुत लगाव है। तभी तो ज़िम्मेदारियों की बात छेड़ी।

अभय : ऐसे ही पूछ रहा था। न बताना चाहो तो न बताना। जब तुम्हारी मैरिड लाइफ में सब ठीक था तो क्या हो गया।

नीरजा : तुम जानते हो।

अभय : क्या?

नीरजा : तुम जो आ गए।

अभय : तो चला जाऊँ।

नीरजा : नहीं। अब नहीं। या तो ना आए होते। अहसास न दिलाया होता कि साथ क्या हो सकता है। प्यार क्या होता है। पर अब नहीं।

अभय : कहीं मुझे गिल्टी फीलिंग न हो जाए।

नीरजा : अभी तुम्हीं तो कह रहे थे, अपने आपके प्रति दायित्व के बारे में।

अभय : नीरजा।

नीरजा : क्या ?

अभय : तुम जानती हो मैं तुम्हें इतना क्यों चाहने लगा हूँ!

नीरजा : क्यों...नहीं।

अभय : क्योंकि तुम ऐसी बातें करके एक सहारा-सा देती हो।

नीरजा : शायद हम एक-दूसरे को बहुत अच्छी तरह से समझते हैं।

अभय : क्योंकि हम एक तरह से सोचते हैं। शायद प्यार की सबसे मजबूत कड़ी यही होती है।

नीरजा : सच! मैंने...और दिवाकर ने भी एक-दूसरे को अच्छी तरह से समझने की पूरी कोशिश की।

अभय : और।

नीरजा : और काफ़ी हद तक समझे भी। अभय मैं तुम्हें बताऊँ, मेरी शादी को बारह साल हो रहे हैं, पर हम लोगों में आपस में शायद ही कभी झगड़ा हुआ हो या शायद ही कभी मतभेद भी हुआ हो।

अभय : तब...कमी क्या रही!

नीरजा : कमी तो नहीं। हाँ, क़दम-क़दम पर जाने-अनजाने हम दोनों समझौते करते चले गए। शान्ति तो रही। शायद सुख भी। पर समझौतों का जो ये घेरा बना उसमें कुछ घुटन सी रही। तब समझती थी, शायद यही प्यार होता है। रहती रही ऐसे ही। इसके अलावा भी कुछ हो सकता है, न कभी जाना न सोचा।

अभय : और अब क्या लगता है।

नीरजा : समझौता प्यार नहीं होता। प्यार में इसकी ज़रूरत ही नहीं पड़ती। जब दो लोग एक सा सोचते हों...तो... बस...मैं कैसे बताऊँ अभय...तुम समझ सकते हो...

अभय : हाँ। तुमसे पहली बार मिलने के बाद यही महसूस ही तो कर रहा हूँ।

नीरजा : क्या ?

अभय : यही कि कुछ कहने की भी ज़रूरत नहीं पड़ती। तभी तो नीरजा हम लोग इतने जल्दी इतने क़रीब आ गए।

नीरजा : क्या कुछ ज़्यादा ही जल्दी नहीं! *(हँसकर)*

अभय : आज क्या तारीख है?

नीरजा : 10 अप्रैल।

अभय : और पहली बार कब मिले थे?

नीरजा : 18 मार्च को।

अभय : तो अब तो एक महीना होने जा रहा है।

नीरजा : तुम्हारे हिसाब से काफ़ी हो गया।

अभय : हाँ! अपने आपको पहचानने में कितना समय लगना चाहिए।

नीरजा : कुछ भी नहीं।

अभय : फिर इतना भी समय क्यों।

नीरजा : शायद कुछ आदर्शों का लिबास हम ओढ़े थे।

अभय : वैरी कैरेक्ट।

नीरजा : अब ये लिबास नहीं पहना जाता। गर्मी-सी लगती है इसमें।

अभय : तो उतार दो।

नीरजा : पर ये ज़िम्मेदारियाँ।

अभय : हम दोनों घूम-फिरकर उसी बात पर फिर से आ गए।

नीरजा : सच! *(हँसती है।)*

अभय : बोलो, क्या किया जाए!

नीरजा : तुम बोलो। मेरे तो कुछ समझ में नहीं आता।

अभय : मैं भी बहुत कनफ्यूज्ड सा हूँ!

नीरजा : तुम और कनफ्यूज्ड? तुम तो बड़े मैनेजमेंट के भाषण देते हो। दूसरों का कनफ्यूजन दूर करते हो।

अभय : हाँ। और दूसरों को कनफ्यूज्ड भी करता हूँ। *(हँसता है।)*

नीरजा : एक बात बताओ अभय। सच-सच।

अभय : क्या नीरजा!

नीरजा : तुम कनफ्यूज्ड हो या डरे हुए।

अभय : डरा? क्यों? किससे?

नीरजा : आदर्शों के इस लिबास को उतारने से।

अभय : शायद दोनों से। तुम्हें कैसे पता।

नीरजा : क्योंकि मैं भी वैसी ही सी स्थिति में हूँ।

अभय : तो क्या करा जाए?

नीरजा : तुम बोलो। मेरे तो कुछ समझ में नहीं आता है।

अभय : चलो एक और कॉफी पी जाए।

नीरजा : मैं कहने ही वाली थी।

अभय : मुझे पता था।

नीरजा : कैसे?

अभय : क्योंकि मेरा भी मन कर रहा था कॉफी पीने का।

नीरजा : अभय यू आर जस्ट टू मच!

[अभय वेटर को बुलाकर कॉफी लाने को कहता है। वेटर चला जाता है।]

अभय : नहीं कनफ्यूजन वास्तव में कुछ नहीं है। बात काफ़ी सीधी है। केवल हमें निर्णय करना है, भावना में बहकर नहीं, न ही किसी ग्लानि भाव में बँधकर। एक परिपक्व बौद्धिक निर्णय करना है। अपने लिए।

नीरजा : अपने लिए?

अभय : हाँ, और किसके लिए।

नीरजा : यानी?

अभय : यानी यह कि हम सिर्फ़ अपने लिए ही तो निर्णय कर सकते हैं। दूसरों के लिए निर्णय करने का अधिकार कहाँ है किसी को। और उसी तरह से अपने लिए निर्णय हमें ख़ुद करना है, किसी और को नहीं।

नीरजा : यानी हमें सिर्फ़ अपने बारे में सोचना चाहिए। वी शुड बी सेलफिश!

अभय : नहीं। सेलफिश या सेल्फसेन्टर्ड होने की बात नहीं है। ये असल में मात्र दृष्टिकोण की बात है।

नीरजा : कैसे!

अभय : देखो, मैं बताता हूँ। हम सब एक सिस्टम की इकाइयाँ हैं और शायद इस सिस्टम के बाहर हम नहीं हो सकते। पर साथ ही सबकी एक अपनी एक्ज़िस्टेन्स है, एक वैयक्तिकता है। जैसे किसी के लिए तुम मिसेज़ दिवाकर राओ हो, मेरे लिए नीरजा हो। दिवाकर के होने से तुम्हारा अपना जीवन ख़त्म नहीं होता। वो हमेशा रहेगा। और तुम्हारे इस जीवन पर तुम्हारा पूरा अधिकार है। तुम्हें पूरा अधिकार है अपने इस जीवन के बारे में निर्णय लेने का। *(कुछ पल रुककर)*... देखो...नीरजा, ये समझना कि...मैं तुम्हें इसलिए कह रहा हूँ...कि तुम मेरे...नहीं...तुम जहाँ भी रहो...जिसके साथ भी...जो भी निर्णय करो...पर वो निर्णय तुम्हारा अपना होना चाहिए और तुम्हें इस बात का पूरा सन्तोष होना चाहिए कि ये निर्णय तुम्हारा अपना सोच-समझकर लिया गया निर्णय है।

नीरजा : ओ माई गॉड। क्या लेक्चर दिया है फिलॉसफी का।

अभय : फिलॉसफी नहीं है।

नीरजा : हूँ। तो बात थी निर्णय की।

अभय : हाँ!

नीरजा : तो क्या निर्णय है?

अभय : तुम्हारा क्या निर्णय है?

नीरजा : तुम बताओ।

अभय : मैं तो बता चुका हूँ। मैं तुम्हारे साथ रहना चाहता हूँ। आई वांट टू मैरी यू। और तुम्हारा!

नीरजा : सेम। यही।

अभय : अच्छा। *(थोड़ा खुशी से)*

नीरजा : और चारा क्या है। पर कैसे हो सकता है ये?

अभय : बहुत आसानी से। वैरी सिम्पल।

नीरजा : जैसा आसान तुम ये सब समझ रहे हो, पता नहीं...लगता है तुमने अभी ठीक से सोचा भी नहीं है इसके बारे में...कुछ सोचा है कॉनसीक्वेन्सेज़ क्या होंगे।...कहीं यह बस...इन्फैचुएशन तो नहीं...

अभय : देखो, हम लोग टिनेजर्स तो हैं नहीं, न ये कोई फिल्म है कि हम एक–दूसरे से कहें कि मैं तुम्हारे बिना नहीं जिऊँगा। ज़िन्दगी चलती रही है। आदमी रो–रोकर सड़–सड़कर भी जीता रहता है। कोढ़ी भी जीते हैं। सवाल जीने या मरने का नहीं है। मरना भी सबको है। और पुनर्जन्म में मेरा विश्वास नहीं है। ये सोचना कि इस जन्म में हम साथ नहीं या सुखी नहीं तो अगले जन्म में कुछ होगा, ये अपनी कमज़ोरी को रेशमी कपड़ा पहनाना है। जो कुछ होगा या करना है इसी ज़िन्दगी में। देखो नीरजा, तुम 35 की हो और मैं 37 का होने वाला हूँ। औसत के हिसाब से हम दोनों की आधी से ज़्यादा ज़िन्दगी ऑलरेडी बीत चुकी है या कह लो वेस्ट हो चुकी है।

नीरजा : तो!

अभय : तो ये कि सवाल सिर्फ़ ये है कि बाक़ी 15–20 या 25 साल जो रहते हैं उनका क्या करना है।

नीरजा : अभय!

अभय : हाँ!

नीरजा : तुम कभी–कभी जीवन का कितना सच्चा और कितना कठोर रूप दिखाते हो।

अभय : क्योंकि, मेरा जीवन शान्ति से नहीं बीता है। दरअसल शायद मैं बड़ा अनकोम्प्रोमाइजिंग हूँ। मैं समझौता नहीं कर सकता। शायद ईगो है। अहंतुष्टि के लिए कभी–कभी लड़ना भी पड़ता है, मार भी खानी पड़ सकती है। पर वो सब पार्ट ऑफ द गेम होते हैं। एक पैकेज

डील है ये। सब मान्य है, सब जायज़। पर लड़ने के लिए भी दो को एक मैदान में आना पड़ता है। जब दोनों के मानसिक धरातल ही अलग-अलग हों तब न युद्ध होता है न समझौता।

नीरजा : फिर क्या होता है।

अभय : एक ख़ामोश अशान्ति-सी।

नीरजा : अभय।

अभय : क्या?

नीरजा : तुम लिखा करो।

अभय : मतलब।

नीरजा : तुम एक बात को ऐसे बताते हो कि बस। लिखा करो...लेखक बन जाओगे।

अभय : छोड़ो। टाइम कहाँ है ऐसे फालतू कामों के लिए। हाँ तो मैं क्या कह रहा था...तुम बीच में इ़न्टरप्ट करके सारी चेन गड़बड़ा देती हो।

नीरजा : सॉरी।

अभय : हाँ, मैं ये कह रहा था कि...

नीरजा : क्या?

अभय : ये कि नीरजा मैं तुम्हारे साथ रहना चाहता हूँ। हमेशा के लिए। हम दोनों के पास और वक़्त नहीं है, इन्तज़ार करने का। हम किस चीज़ का इन्तज़ार कर रहे हैं। तुमने वो प्ले पढ़ा है 'वेटिंग फोर गोदो'।

नीरजा : नहीं। क्या है उसमें?

अभय : छोड़ो...हम शायद किसी न किसी रूप में प्रतीक्षा करते रहते हैं कि हमारे अपने प्रयास के बिना कुछ हो जाएगा। खासतौर से वो जो हम करने से डरते हैं। पर बिना करे कुछ नहीं होता। प्रतीक्षा के सिवा।

नीरजा : तो क्या करना है?

अभय : तुम जानती हो।

नीरजा : तुम भी।

अभय : मतलब न तुम कन्फ्यूज्ड हो न मैं।

नीरजा : राइट। *(हँसती है।)*

अभय : आओ मुद्दे पर आ जाएँ। *(मुस्कुराकर)*

नीरजा : हाँ!

अभय : तुम दिवाकर को छोड़ पाओगी। *(गम्भीरता से)*

[चुप्पी]

अभय : मैं समझ सकता हूँ नीरजा! 12 साल का साथ ऐसे ही नहीं होता है। आदमी तो पुराने पेड़ों, फर्नीचर और घड़ियों से भी लगाव करने लग जाता है। पति के प्रति तो भावनाएँ दूसरी होती हैं। और वो पति जिसको तुमने समझा और जो तुमको समझने की कोशिश करता है। जिसके साथ तुमने...मैं समझ सकता हूँ।

नीरजा : उसे कितना आघात पहुँचेगा तुम नहीं सोच सकते।

अभय : सोच सकता हूँ।

नीरजा : कैसे?

अभय : वो ऐसे कि अब किसी एक को इस स्थिति का सामना करना ही है। तुम एक के ही साथ रह सकती हो। प्रश्न आदर्शों और त्याग-भावना का नहीं, मात्र गणित का है।

नीरजा : समझ में नहीं आ रहा है कि तुम क्या कह रहे हो।

अभय : मैं सिर्फ़ कह रहा हूँ कि एक आदमी की झूठी खुशी के लिए हम दो अपनी सच्ची खुशी क्यों छोड़ें।

नीरजा : पर दिवाकर का क्या होगा।

अभय : मैं क्या जानूँ। मैं ईश्वर का रोल नहीं अदा करना चाहता।

नीरजा : पर!

अभय : बेजान बन्धन काटने पर भी दर्द होता है। मुझे पता है।

नीरजा : अभय।

अभय : क्या नीरजा?

नीरजा : तुम ये सब ऐसे कैसे कह डालते हो!

अभय : तुम्हारे मन की बातें!

नीरजा : शायद हाँ। पर मेरी तो हिम्मत नहीं होती ये सब कहने की।

अभय : विचार तो एक हैं। कहना भी एक को ही है।

नीरजा : दैट्स वाई आई लव यू। सच। अभय नाम ठीक है तुम्हारा। सच कहने से तुम नहीं डरते।

अभय : तो क्या निर्णय हुआ।

नीरजा : ये तुम क्या अपने ऑफिस की मीटिंग कर रहे हो।

अभय : फिर भी निर्णय तो लेने ही हैं।

नीरजा : क्या बिना निर्णय लिए काम चल सकता है।

अभय : काश, पर ये नहीं हो सकता।

नीरजा : तो तुम ले लो निर्णय।

अभय : यानी तुम ले चुकी हो।

नीरजा : अभय!

अभय : क्या?

नीरजा : तुम मेरे मन की हर बात इतनी अच्छी तरह से कैसे जान जाते हो।

अभय : क्योंकि मैं तुम्हारे जैसा हूँ।

नीरजा : फिर बेकार में इतना बुलवाते हो। जो चाहो करो।

अभय : करूँगा तो वही जो चाहूँगा। हाँ बुलवाता इसलिए हूँ, क्योंकि आई लाइक योर स्वीट व्यास। *(हँसता है।)*

नीरजा : बड़े रोमांटिक हो रहे हो। *(हँसकर)*

अभय : क्यों बुरा लगा। *(हँसकर)*

नीरजा : नहीं! बहुत अच्छा।

अभय : सच! आई एम सरप्राइज्ड। मैं तो समझता था तुम्हारी जैसी पढ़ी-लिखी नौकरी करती लड़की को ये पसन्द नहीं आएगा।

नीरजा : चलो तुम खुश तो हुए।

अभय : हम लोग फिर मुद्दे से बहक गए।

नीरजा : जानते हो क्यों!

अभय : क्यों?

नीरजा : क्योंकि हम डरते हैं।

अभय : निर्णय लेने से!

नीरजा : हाँ!

अभय : तुम ये तो नहीं सोचती कि निर्णय ठीक है या नहीं। और निर्णय के बाद ठीक रहेगा। क्या परिणाम का भय तो नहीं समाया है निर्णय में।

नीरजा : नहीं! मुझे अपने निर्णय पर विश्वास है।

अभय : फिर!

नीरजा : डर है तो बस निर्णय को वास्तविक रूप देने की प्रक्रिया से।

अभय : तुम्हारा मतलब है दिवाकर और...यानी उस घर को वास्तव में छोड़ने से!

नीरजा : हाँ!

अभय : नया जीवन बिना मरे नहीं शुरू किया जा सकता और ज़िन्दा होते मरने में कष्ट तो होगा ही।

नीरजा : फिर!

अभय : जीने की इच्छा है तो मरना तो पड़ेगा।

[नीरजा घड़ी देखती है।]

नीरजा : अच्छा सुनो, मुझे चलना चाहिए।

अभय : तो क्या निर्णय हुआ?

नीरजा : निर्णय तो अभय उसी दिन हो गया था जब मैं सबको भूल कर देर रात तक उस कॉरीडोर में बैठकर तुम्हारे साथ गाने गाती रही, बातें करती रही। तुम्हारी बातों पर हँसती रही। शायद मैं इतना कभी नहीं हँसी। तुम अच्छे मूड में होते हो तो यू आर वैरी फनी। अरियल नट। कैसी-कैसी हँसी की बातें करते हो। कैसा खाका खींचा ग्रुप के एक-एक सदस्य का...और उस गुप्ता के तो

तुम हाथ धोके पीछे पड़ गए। शायद पी भी तुम कुछ ज़्यादा गए थे। बड़े मूड में थे।

अभय : क्या ज़्यादा पी गया था?

नीरजा : मैं सब देख रही थी। हर थोड़ी देर बाद कमरे में जाते और जनाब का गिलास भरा होता। बाद में तो थोड़ा लड़खड़ा भी रहे थे। मुझे चिन्ता भी हुई। अभय, सुनो, मेरी एक बात मानोगे!

अभय : क्या!

नीरजा : इतनी मत पी लिया करो। सेहत के लिए अच्छा नहीं। मैं बिलकुल छोड़ने के लिए नहीं कह रही।

अभय : फिर!

नीरजा : बस तुम मूड में थे मुझे अच्छे लगे और लगा...

अभय : क्या!

नीरजा : यही कि तुम्हें भी साथ की ज़रूरत है।

अभय : अच्छा।

नीरजा : तुम वो नहीं हो जो लोग तुम्हें देखते हैं। मैंने तुम्हें देखा और...

अभय : और?

नीरजा : और क्या! मैंने कुछ निर्णय ले लिया।

अभय : सच!

नीरजा : हाँ!

अभय : नीरजा!

नीरजा : हाँ। अभय।

अभय : नीरजा!

नीरजा : अब देखो इमोशनल न हो। मुझे अब घर भी जाना है। अब ये बताओ कि करना क्या है!

अभय : मेरे ख़याल से तुम दिवाकर से बात करके देखो।

नीरजा : मैं!

अभय : और क्या मैं करूँगा!

नीरजा : मैं कैसे कर पाऊँगी।

अभय : और क्या रास्ता है! ज़रा हिन्ट देकर देखो।

नीरजा : वो हिन्ट नहीं समझ सकता। तुम्हारी तरह स्मार्ट नहीं है। सीधा-सा इनसान है।

अभय : मुझे पता है।

नीरजा : कैसे!

अभय : क्योंकि पचास बार तुम बता चुकी हो उसके बारे में कि वो बहुत सिम्पल नेचर का है। डैशिंग नहीं है, सादगी पसन्द है। दिखाता नहीं है पर भावुक है। ज़्यादा इन्टेलिजैन्ट नहीं है, पर समझदार है, ईमानदार है, ज़्यादा मज़ाकिया नहीं है, कम हँसता है, पर प्लेज़ैंट है; अच्छा है पर बोर है। ही इज़ गुड बट गुड फोर नथिंग।

नीरजा : तुम ईर्ष्या से कह रहे हो।

अभय : नहीं नीरजा। एक व्यक्ति के तौर पर मुझे उससे कोई शिकायत नहीं। पर मैं कभी-कभी ये सोचने लगता हूँ कि क्या वो तुम्हारे लायक है! क्या ये...

नीरजा : अच्छा चुप हो जाओ।

अभय : बुरा लग रहा है दिवाकर के बारे में सुनना।

नीरजा : नहीं, पर उससे फायदा क्या! जो हो चुका सो हो चुका।

अभय : नीरजा, आई एम सॉरी।

नीरजा : नहीं, कोई बात नहीं।

अभय : नहीं नीरजा, मैं उसकी...दिवाकर की बुराई या उसे नीचा दिखाने के ख़याल से नहीं कह रहा था। मैं तो सिर्फ़ ये कह रहा था कि कभी-कभी मैं ये सोचता हूँ कि उसकी जगह मैं हो सकता था।

नीरजा : तो बात ही कुछ और होती। अच्छा अब मैं चलती हूँ।

अभय : कोशिश करना कुछ बात करने की। फिर कल सोचेंगे।

नीरजा : अच्छा। तो कल फिर यहीं...

अभय : हाँ। तीन बजे।

नीरजा : बाय, अभय। एंड आई लव यू।

अभय : आई लव यू टू।

[नीरजा जाती है। अभय कुछ क्षण रुका-सा रहता है। फिर बटुआ निकालकर कुछ नोट मेज़ पर रखकर चल देता है। प्रकाश कम हो जाता है।]

दृश्य-दो

[मंच दृश्य एक के समान। अभय का प्रवेश। आकर इधर-उधर देखता है फिर उसी कुर्सी पर बैठ जाता है। हाथ में अख़बार है। कभी घड़ी की तरफ़ देखता है कभी अख़बार पर अस्थिर निगाहें। वेटर आकर पानी रख जाता है।

नीरजा का प्रवेश। अच्छा सलवार सूट पहने है। आँखों पर धूप का चश्मा और हाथ में बैग। प्रवेश के साथ ठिठककर रुकती है और चश्मा उतारती है, इधर-उधर देखती है। फिर अभय को देख मुस्कुराती है। जाकर सामने की कुर्सी पर बैठ जाती है। पानी का गिलास उठाकर पीती है।

वेटर आता है और दो गिलास पानी रखता है, एक क्षण विस्मित भाव से नीरजा के हाथ में अभय वाला गिलास देखता है, फिर चला जाता है।

नीरजा गहरी साँस लेती है।]

अभय : कैसी हो नीरजा?

नीरजा : ठीक! तुम कैसे हो?

अभय : बस वैसा ही।

नीरजा : क्यों?

अभय : अरे आपके बिना सब बकवास है।

नीरजा : बड़ी आशिकी छाई है बुढ़ापे में।

अभय : पहली बात, मैं बूढ़ा नहीं हूँ। बूढ़ा है तेरा दिवाकर, योर ओल्ड मैन...अच्छा ये बताओ तुम्हें अब उसके साथ रहने में कैसा लगता है?

नीरजा : सच बताऊँ?

अभय : हूँ!

नीरजा : बड़ा अजीब सा। या तो शायद तुम्हारे बार-बार कहने की वज़ह से वो वाकई में कुछ ढीला-ढाला ठंडा और...बूढ़ा-सा लगने लग गया है।

अभय : मरा-मरा सा। *(शरारती मुस्कान से)*

नीरजा : शट-अप। *(फिर हँसती है।)*

अभय : सॉरी। *(बनावटी-सा चेहरा बनाकर)*

नीरजा : सॉरी। *(अभय की आँखों में देखकर)*

अभय : नहीं मेरा मतलब वो नहीं था।

नीरजा : मैं जानती हूँ।

अभय : अच्छा ये बताओ कुछ बात कर पाईं आप।

नीरजा : अभी बताती हूँ। कुछ मँगवाओ तो।

[अभय वेटर को इशारा करता है। वेटर आता है और अभय वेटर के कान में कुछ कहता है। वेटर चला जाता है।]

अभय : हाँ!

नीरजा : क्या बताऊँ। कैसे अचानक उससे कह दूँ कि मैं तुम्हें छोड़ना चाहती हूँ। कल यहाँ से लौटने के बाद सोचती रही, मौक़ा निकालकर बात करूँगी। पर नौ बजे तक तो बच्चे ही तंग करते रहे। फिर उन्हें खिलाकर लिटाया उसने। मैं चुप सी लेट गई थी पर उसने समझा शायद मैं ऑफिस के काम से थक गई हूँ, इसलिए उसने मुझे डिस्टर्ब नहीं किया। बच्चों को सुलाने के बाद आया। पूछने लगा खाने के बारे में तो मैंने कहा कि मेरे सिर में दर्द है तो...छोड़ो तुम सुनना पसन्द नहीं करोगे।

अभय : नहीं! बोलो।

नीरजा : बाम लेके थोड़ा सिर दबाया फिर दूध गर्म करके रख

गया। बोला पी के सो जाओ, मैं बच्चों को देखता हूँ वर्ना वो तुम्हें डिस्टर्ब करेंगे।

अभय : बड़ा लल्लू है, एक नम्बर का।

नीरजा : क्या करूँ। बोलो कैसे कह दूँ।

अभय : *(आवाज़ ऊँची करके)* तो मत कहो कुछ। किसने कहा था कुछ कहने को! मैंने!

नीरजा : अभय!

अभय : सुन लो नीरजा, मैंने कभी किसी के आगे सिर नहीं झुकाया। और मैंने तुम्हें भी नहीं कहा कि मुझे प्यार की भीख दो। मैं जैसा था वैसी ज़िन्दगी जी सकता हूँ। मैं सब कुछ सह सकता हूँ। अकेला रह सकता हूँ। बहुत शक्ति है मुझमें।

नीरजा : अच्छा शटअप। *(नीरजा शान्त भाव से कहती है।)*

अभय : क्या!

नीरजा : मैं देख चुकी हूँ सब। तुम...तुम्हारी शक्ति का रूप। मैं वो नहीं कह रही जो तुम समझ रहे हो।

अभय : नीरजा मैं तुम पर नहीं अपने आप पर, शायद अपने भाग्य पर गुस्सा हो रहा हूँ। शायद मैं तुम्हारी जगह होता तो ऐसा ही करता। ख़ैर, अब ये बात मैं नहीं करूँगा।

नीरजा : अभय!

अभय : क्या?

नीरजा : प्लीज नॉर्मल हो जाओ।

अभय : मैं नॉर्मल हूँ। मेरा नॉर्मल रूप ही एबनॉर्मल है।

नीरजा : नहीं। यू आर नॉर्मली वैरी स्वीट। *(मुस्कुराकर)*

अभय : हाँ तो तुम क्या कह रही थीं!

नीरजा : हाँ...तो वो फिर बच्चों के पास जाकर सो गया और मैं सोचती रही–सोचती रही।

अभय : क्या?

नीरजा : यही कि तुम ऐसा नहीं करते। तुम्हें मेरे मन की बात

समझने में समय न लगता। दिवाकर एक अच्छे इनसान की तरह अपनी ड्यूटी निभाकर सो गया। पर मुझे सिर दर्द था ही नहीं, पर वो मुझे समझ नहीं सकता, मेरी तरह एक चीज़ को एक ही तरह से महसूस नहीं कर सकता...

अभय : फिर भी तुम...

नीरजा : ...यू नो, वो नोटिस ही नहीं कर पाता है। समझ ही नहीं पाता है मेरे अन्दर के भाव। हाँ अगर मैं कुछ कह दूँ तो पूरी इम्पोर्टेन्स देगा। पर मन करता है दूसरा अपने आप समझे। *(कुछ रुककर)* जानते हो अभय, मैंने जितने गाने मद्रास में उन 14-15 दिनों में गाए, उतने पहले कभी नहीं गाए थे। इनफैक्ट मैं घर पर गाती ही नहीं।

अभय : सच ?

नीरजा : हाँ!

अभय : मैं विश्वास नहीं कर सकता। क्यों...

नीरजा : क्योंकि...वही बात...दिवाकर ने न कभी नोटिस किया न कभी कुछ कहा...तारीफ करना तो दूर...

अभय : कमाल है, आई कान्ट बिलीव।

नीरजा : दिवाकर ऐसा ही है। ये नहीं कि कोई जानबूझ के...पर...बस अपने आप वो नोटिस नहीं करेगा...फिर मेरा भी मन नहीं किया कभी...बस बाथरूम में...अकेले कभी गुनगुना ली, पर खुलकर नहीं।

अभय : नीरजा, मैंने वहाँ भी तुम्हें कहा था और फिर कह रहा हूँ, तुम बहुत अच्छा गाती हो, बस खुलकर गाया करो, यू हैव गोड्स गिफ्ट इन योर व्यायस। सबको सुनने दो ये आवाज़...

नीरजा : अरे छोड़ो...

अभय : नहीं, मैं सच कह रहा हूँ। तुम्हारी आवाज़ भी अच्छी है और तुम्हें सुर की पकड़ भी है। बस थोड़ा प्रैक्टिस करो...

नीरजा : अरे क्या प्रैक्टिस...सब छूट गया।

अभय : नहीं। इतना टैलेन्ट है तुममें। प्रैक्टिस करो तो बस...देखा नहीं, उस दिन कल्चरल नाइट में तुम्हारा गाना कितना पसन्द किया गया।

नीरजा : मैं तो बस...तुम्हारी वजह से राज़ी हो गई, वर्ना स्टेज पर जाकर गाना मेरे तो बस की बात नहीं थी...*(कुछ रुककर)* बस तुमने ऐसा सपोर्ट किया, बातों से ऐसा आत्मविश्वास जगाया और...*(चुप हो जाती है।)*

अभय : और?

नीरजा : और मुझे लगा कि कोई वाकई में चाहता है, मैं गाऊँ। तभी मैंने सिर्फ़ तुम्हारे लिए गाया। मैं देख भी बराबर तुम्हारी ही तरफ़ रही थी।

अभय : *(हँसकर)* हाँ मैं भी देख रहा था यही।

नीरजा : पता है, *(हँसकर)* अगर मैं कहीं और देखती तो शायद नर्वस हो जाती। कभी ऐसे गाया नहीं। आइ वाज़ स्केर्ड।

अभय : और तुम चाहती हो अपने ये टेलेन्ट, ये गिफ्ट ऑफ गॉड यूँ ही भुला देना।

नीरजा : नहीं। पर घर पर मन ही नहीं करता।

अभय : तभी तो कह रहा हूँ।

नीरजा : पर कैसे?

अभय : मैंने कहा ना, दिवाकर से बात करो। बता दो अपने मन की बात।

नीरजा : समझ में नहीं आता कैसे करूँ।

[दोनों कुछ पल शान्त रहते हैं।]

अभय : मैं बात करूँ?

नीरजा : कर पाओगे।

अभय : और रास्ता क्या है।

नीरजा : कैसे!

अभय : सोचूँगा।

नीरजा : सोचो।

अभय : मिलूँगा किसी बहाने–देखो मैं सोचता हूँ जो करना है वो करना ही है। जल्दी करें तो अच्छा है।

नीरजा : सुनो।

अभय : क्या!

नीरजा : मैं सोचती हूँ, तुम न करना।

अभय : क्या न करना!

नीरजा : तुम्हारा बात करना शायद ठीक न हो।

अभय : फिर!

नीरजा : मैं ही बात करती हूँ।

अभय : कर पाओगी?

[शान्ति]

अभय : एक बात बताओ। तुम्हें कहीं कोई ग्लानि तो नहीं हो रही है कि हम कुछ ग़लत कर रहे हैं।

नीरजा : शायद कुछ लगता है।

अभय : क्या!

नीरजा : यही कि कहीं कुछ ठीक सा नहीं है।

अभय : हम अगर बहुत पहले मिले होते तो?

नीरजा : तो सब ठीक होता।

अभय : यानी जो होता है वो सही या ग़लत अपने आप में नहीं होता। ये समय पर निर्भर करता है। क्यों? पर ग्लानि है किस बात की?

नीरजा : कभी–कभी लगता है, मैं अपने आपको धोखा दे रही हूँ।

अभय : क्या धोखा!

नीरजा : यही कि मैं उस घर में रहती हूँ, उसके साथ...पर, अपने को तुम्हारे पास होना चाहते हुए भी उसे यही महसूस होने देती हूँ कि सब वैसा ही है। कि सब कुछ पहले जैसा ही नॉर्मल है। मैं वही हूँ। ये सब धोखा नहीं है क्या?

अभय : तुम्हें शायद आत्मग्लानि हो रही है।

नीरजा : शायद हाँ।

अभय : क्यों ?

नीरजा : कह नहीं सकती।

अभय : मैं बताऊँ... *(आवाज़ तेज़ करते हुए)* हम लोगों ने अपनी आत्मा में कुछ ऐसे खोखले मूल्य पाल लिए हैं कि अपने हँसने पर भी आत्मग्लानि होती है कि हाय हम खुश क्यों हैं। क्या कुछ सुख की इच्छा करना ग़लत है, गुनाह है कोई। बोलो कैसी आत्मग्लानि। गिल्ट कॉम्पलैक्स। व्हाट नौनसेन्स आई से।

नीरजा : सुनो तो।

अभय : अरे क्या सुनूँ। हम लोग यहाँ कोई किसी को मारने की योजना तो नहीं बना रहे जो ग्लानि हो।

नीरजा : पर दिवाकर के लिए तो ये...

अभय : यानी हम त्याग करें। किसके लिए। बोलो किसके लिए। नीरजा तुम किसके लिए त्याग करने की सोच रही हो। उसके लिए जो तुम्हें समझता तक नहीं है। ठीक है, संयोग से तुम्हारी उसके साथ शादी हो गई पर क्या ये सब कुछ है। शादी क्या तुम्हारा अन्त है। क्या उसके बाद कोई जीवन नहीं और कैसी ग्लानि, काहे का गिल्ट। मेरा सिर्फ़ ये कसूर है कि मैं तुम्हारे जीवन में शायद 12-13 साल लेट आया। अगर हम पहले मिल लिए होते तो सब ठीक होता। पर ये मेरा कसूर नहीं है और समय की एक ग़लती को अगर मैं सुधारने की कोशिश कर रहा हूँ तो इसका मुझे कोई गिल्ट कॉम्पलैक्स भी नहीं है। और तुमने अपने बारे में सोचा है कि अगर तुम अपनी ज़िन्दगी और शायद मेरी भी...उसे बरबाद कर दोगी तो...तो उसके लिए कोई ग्लानि नहीं...

नीरजा : मैं ये नहीं कह रही...

[वेटर आता है। अभय चुप हो जाता है। वेटर दो कप रखकर चला जाता है।]

अभय : तो क्या कहना चाह रही हो? कभी दिवाकर का पक्ष ले लेती हो कभी अपना, कभी बलिदान की बातें, कभी अपनी खुशी की। क्या सोचा है? बोलो?

[नीरजा शान्त रहती है।]

अभय : *(आवाज़ तेज़ करके)* अरे कुछ तो बोलो! स्पीक।

[नीरजा कुछ क्षण शान्त अभय को देखती है।]

नीरजा : धीरे बोलो ज़रा।

अभय : मैं कौन-सा चिल्ला रहा हूँ। मैं तो बस ये कह रहा था कि ये परित्याग किसी अच्छे ध्येय के लिए किया जाए तो जँचता है। दिवाकर जैसे के लिए करना कुछ सूट नहीं करता। और त्याग क्यों? वो तुम्हारे बिना मर नहीं जाएगा।

नीरजा : ऐसा मत बोलो।

अभय : सॉरी। *(दोनों चुप हो जाते हैं।)*

[शान्ति]

नीरजा : तुम नाराज़ हो गए।

अभय : नहीं। इसमें नाराज़ होने की क्या बात है। मैं तो बस ये भूल गया था कि दिवाकर तुम्हारा पति है और तुम उसको नहीं छोड़ सकतीं।

नीरजा : अभय!

अभय : क्या?

नीरजा : सुनो!

अभय : हाँ सुन ही तो रहा हूँ।

नीरजा : देखो नाराज़ मत हो। हम दोनों एक-दूसरे से ही नाराज़ हो जाएँगे तो क्या रह जाएगा।

अभय : तुम्हारे पास तो दिवाकर होगा।

नीरजा : छोड़ो। भूल जाओ दिवाकर को कुछ देर के लिए, उसने तुम्हारा क्या बिगाड़ा है।

अभय : यही कि आज उसकी वजह से...ख़ैर छोड़ो। तुम बताओ तुम क्या चाहती हो?

नीरजा : सच!

अभय : हाँ! बिलकुल स्पष्ट।

नीरजा : तुम्हें! सच अभय, मैं सिर्फ़ तुम्हें चाहती हूँ। पर कुछ प्रैक्टिकल बातें तो समझो। बच्चों की तरह से नाराज़ होना, गुस्सा होना शुरू कर देते हो। ये बताओ जो हम चाहते हैं वो होगा कैसे।

अभय : तुमको कोई शंका तो नहीं है।

नीरजा : कैसी?

अभय : ये बात हम पहले भी कर चुके हैं।

नीरजा : हाँ!

अभय : तो फिर...बस एक झटके में छोड़ दो ये सब। छोड़ दो अपना घर, दिवाकर, सब पुराने सूत्र...

नीरजा : पर कैसे...लोग...

अभय : तुम्हें डर है लोग क्या कहेंगे? कौन से लोग? जिनके पास कोई और काम नहीं है, सिवा इसके कि दूसरों के व्यक्तिगत मामलों पर टिप्पणी करें? क्या इनको हमारे या तुम्हारे वास्तविक सुख की कुछ भी चिन्ता है। ख़ुद भी दुखी से, मरे-मरे से रहते हैं और दूसरों को भी वैसा ही देखना चाहते हैं।

नीरजा : यानी!

अभय : यानी ये कि अपने व्यक्तिगत मामलों में हमें सिर्फ़ अपने आपसे पूछना चाहिए, केवल अपने अन्तःकरण की सहमति चाहिए, किसी दूसरे की नहीं।

नीरजा : शायद—तुम ठीक कह रहे हो।

अभय : फिर?

नीरजा : यही कि आज मैं ज़रूर दिवाकर को स्पष्ट बता दूँगी। फिर देखूँगी। शुरुआत तो करनी ही होगी। तभी कोई रास्ता निकलेगा।

अभय : ये हुई कुछ बात। कुछ खाने के लिए मँगवाएँ।

नीरजा : नहीं, मन नहीं है।

अभय : यहाँ प्रौन्स बड़े अच्छे मिलते हैं।

नीरजा : अभी मन नहीं है। फिर कभी।

अभय : याद है, तुम्हारे लिए प्रौन्स ढूँढ़ने के पीछे मैं कितना परेशान हुआ था।

नीरजा : हाँ! कैसे भूल सकती हूँ। *(हँसकर)* और तुम लेकर आए और मेरा इन्तज़ार करते रहे और मैं खाना खाकर बहुत देर से आई और तुम्हारा खूब मूड खराब हुआ।

अभय : मैं बहुत गुस्से में था।

नीरजा : उस शाम तुमने ड्रिंक भी बहुत कर ली थी।

अभय : इन्तज़ार में और करता भी क्या।

नीरजा : जब मैं आई, तुम ठीक से चल भी नहीं पा रहे थे। बड़े गुस्से में थे। ठीक से बोल भी नहीं पा रहे थे।

अभय : तुम्हें बुरा लगा।

नीरजा : नहीं, मैंने पैकेट में प्रौन्स देख लिए। देखकर सब समझ गई। तुमने खाना भी नहीं खाया था।

अभय : क्या सोचा तुमने।

नीरजा : यही कि तुम्हें मेरे जैसे किसी की बहुत ज़रूरत है।

अभय : और!

नीरजा : उस स्थिति में भी तुम भोले और प्यारे से लगे।

अभय : सच, मैंने तुम्हारा बहुत वेट किया।

नीरजा : जानते हो अभय, कभी किसी ने मेरा इस तरह से इन्तज़ार नहीं किया। तभी तो तुम्हारे गुस्से, तुम्हारे खराब मूड में यही लगा कि किसी को मेरी वाकई चाह है। आई फेल्ट सो वोन्टेड...किं किसी को मेरी ज़रूरत है।

अभय : सच।

नीरजा : हाँ। हर कोई चाहता है वो वोन्टेड हो। कोई उसके बारे में कुछ नोटिस करे। जैसे तुम करते हो।

अभय : कैसे!

नीरजा : जैसे तुमने नोटिस किया कि मेरे डिम्पल पड़ते हैं, कि मैं दाँतों से नाखून काटती हूँ, कि मैं ज़्यादा ज़ोर से हँसती हूँ, कि मैं बैंगन को बाइगन बोलती हूँ, क्या-क्या याद रखूँ, कितनी बारीकी से तुम मुझे आब्ज़र्व करते हो। एक-एक छोटी से छोटी मेरी चीज़ नोटिस करते हो। लगता है मैं तुम्हारे लिए कुछ महत्त्व रखती हूँ। बराबर लगता रहता था यू वांट मी। कि तुमको मुझमें इन्टरेस्ट है...तभी तो जब तुम उठकर अचानक चले गए, मैं तुम्हें ढूँढ़ने भागी...और...

अभय : अब टाँग के क्या हाल हैं? दर्द तो नहीं है?

नीरजा : नहीं। अब ठीक है। तुमने बहुत प्रतीक्षा की न उस शाम।

अभय : आज भी तो है।

नीरजा : बस थोड़ा और इन्तज़ार करो।

अभय : अभी प्रतीक्षा है कुछ बाक़ी?

नीरजा : हाँ। अच्छा अब चलती हूँ।

अभय : नीरजा। थोड़ी देर और बैठो। तुम्हारे पास अच्छा लगता है। एक अजीब सी शान्ति मिलती है।

नीरजा : तुम इतने अशान्त न रहा करो। *(उठते हुए)*

अभय : कल आओगी।

नीरजा : हाँ। यहीं।

अभय : चलो तुम्हें छोड़ आता हूँ।

[दोनों उठते हैं। अभय पर्स निकालकर कुछ नोट प्लेट पर रखकर नीरजा के साथ चला जाता है। प्रकाश कम होने के साथ पर्दा गिरता है।]

दृश्य-तीन

[रेस्त्राँ का दृश्य। अभय का प्रवेश। इधर-उधर देखता है, फिर घड़ी पर नज़र और धीरे-धीरे उसी खिड़की के पास वाली कुर्सी पर बैठ जाता है। वेटर पानी का गिलास रखकर चला जाता है। अभय कभी खिड़की के बाहर, कभी दरवाज़े पर और कभी घड़ी को देखता रहता है। एक सिगरेट निकालकर हल्के-हल्के जलाता है। नीरजा का प्रवेश। चेहरे पर थकान और तनाव का समावेश। अभय उठता है।]

अभय : आओ नीरजा, हैलो, *(रुककर)* कैसी हो?

[नीरजा थकी सी बैठ जाती है और अभय की ओर देखती है।]

अभय : बड़ी थकी सी लग रही हो।

[नीरजा अभय के गिलास से पानी पीती है। फिर चुप देखती रहती है।]

अभय : क्या है। बोलो नीरजा। यू आर आल राइट।

नीरजा : इतने दिनों बाद तुम्हें देख रही हूँ। पहले ठीक से देख तो लेने दो।

[दोनों एक दूसरे को देखते हैं और हाथ बढ़ाकर हाथों को छूते हैं।]

नीरजा : कैसे हो अभय?

अभय : मैं तो ठीक हूँ। तुम बताओ तुम कैसी हो?

नीरजा : मैं ठीक हूँ।

अभय : ठीक लग तो नहीं रही हो।

नीरजा : नहीं, ठीक हूँ।

अभय : दिवाकर अब कैसा है?

नीरजा : अब थोड़ा ठीक है।

अभय : घर आ गया?

नीरजा : हाँ। परसों घर ले आए थे।

अभय : अच्छा!

नीरजा : डॉक्टर्स तो कह रहे थे अभी एक हफ्ता और हॉस्पिटल में रखने को पर वो बड़ा झंझट का काम है। बड़ी परेशानी हो जाती है।

अभय : आई नो।

नीरजा : इधर घर देखो कि हॉस्पिटल।

अभय : हाँ। भागा-दौड़ी रहती है।

नीरजा : घर में शान्ति भी रहती है। वैसे भी अब कोई सीरियस बात नहीं है।

अभय : चलो गनीमत है।

नीरजा : अब तो बस, समय लगेगा। घर में केयर भी ठीक से हो जाती है।

अभय : आई नो।

[नीरजा गहरी सी साँस लेती है।]

अभय : क्या कहते हैं डॉक्टर!

नीरजा : कुछ समझ में नहीं आता। कहते हैं एक महीने कम्प्लीट बैड रेस्ट। उठ नहीं सकते तब तक!

अभय : तुम सच बहुत परेशान हुई। है ना!

नीरजा : हाँ!

अभय : ये हुआ कैसे?

नीरजा : बस ऑफिस में ही नॉर्मल काम करते-करते स्ट्रोक

पड़ा। जिस दिन तुमसे आख़िरी बार मिलकर लौट रही थी तभी...घर आते ही पता चला...ऑफिस के ही लोग हॉस्पिटल ले गए थे और घर पर मुझे ढूँढ़ रहे थे। सच ये पन्द्रह दिन तो इतनी परेशानी, इतने तनाव के थे...पहले पाँच दिन तो आई.सी.यू. में ही रखा। डर लगता रहता था सारे टाइम...डॉक्टरों के आश्वासनों में भी उनके आत्मविश्वास की कमी नज़र आती थी। रात-भर एक पल सोऐ बिना, बस देखती रहती थी कि कुछ हो न जाए... (साँस लेकर) एक बार दो घंटे के लिए सो गई...उसकी माँ वाच कर रही थीं और दौरा पड़ा...न पूछो कैसा समय गुज़रा है...बस बच गए यही गनीमत है।

अभय : हाँ सच!

नीरजा : सच में कभी-कभी बड़ा डर सा लगता था, बस भगवान ने...

अभय : अच्छा!

नीरजा : क्या बात है अभय, तुम ऐसे क्यों बोल रहे हो आज।

अभय : नहीं तो!

नीरजा : मैं नहीं समझ सकती तुम्हें?

अभय : कह नहीं सकता अब।

नीरजा : यानी!

अभय : कुछ नहीं।

नीरजा : नहीं, बोलो अभय क्या बात है। तुम नाराज़ हो। कि मैं इतने दिन आ नहीं पाई। बोलो कैसे आती। आज भी कैसे आ पाई हूँ मैं ही जानती हूँ। ऑफिस जाकर छुट्टी एक्स्टेंड कराने के बहाने। वो कह रहे थे फोन कर दो। मैंने कहा एक महीने के लिए छुट्टी ले रही हूँ, फोन पर ठीक नहीं लगेगा, बॉस शायद फील कर जाएँ, हालाँकि पहले ही बॉस ने कह दिया था, जब हॉस्पिटल आए थे देखने, कि जितनी छुट्टी चाहिए ले लेना।

अभय : तो तुम एक महीने छुट्टी पर रहोगी।

नीरजा : हाँ! शायद ज़्यादा। निर्भर करता है कि दिवाकर कैसे रिकवर करता है।

अभय : और तुम बैठकर उसकी सेवा करोगी।

[कुछ एहसास सा करके नीरजा चुप रहती है।]

अभय : नीरजा। मैं सोचता हूँ ज़िन्दगी भी कैसे अजीब-अजीब से मोड़ लेती है।

नीरजा : कैसे!

अभय : यानी देखो, हम दोनों छत्तीस-सैंतीस साल के हो गए और कभी नहीं मिले। अपनी-अपनी बेस्वादी सी ज़िन्दगी जीते रहे। मुझे शायद आभास था इसलिए मैं ज़्यादा अशान्त रहा। तुमने शायद महसूस नहीं किया। फिर अचानक मद्रास में एक ही मैनेजमेंट के कोर्स में हम दोनों मिले और पन्द्रह दिन साथ रहे। अपनी-अपनी नॉर्मल ज़िन्दगी, घर और परिवार से दूर और एक ऐसी दोस्ती हुई, आत्मीयता और प्यार की, ऐसा लगा कि तुम मेरी सोलमेट हो, मेरा खोया हुआ सा अर्ध-स्वयं, कि हम एक दूसरे के पूरक हैं, कि साथ में ही सारी खुशी है, इतनी अच्छी तरह से हम एक दूसरे को समझने लगे...और निर्णय कर लिया हमेशा साथ रहने का, एक बौद्धिक निर्णय...कहीं कोई बचपने का इनफैचुएशन नहीं। न कोई पासिंग पैंशन। और जिस दिन तुम ये तय करके जाती हो कि अब मेरे साथ ही रहना है और दिवाकर को बता देनी है वास्तविकता, इन सम्बन्धों की, उसी दिन उसे अटैक होता है और तुम विवश हो जाती हो उसकी देखभाल करने में ऐसी कि... *(चुप हो जाता है।)*

नीरजा : बोलो अभय।

अभय : क्या बोलूँ?

नीरजा : अपने मन की बात।

अभय : जो मेरे मन की बात है वो न मैं कह सकता हूँ न तुम सुन सकती हो।

नीरजा : मैं जानती हूँ। मैं समझ सकती हूँ।

अभय : क्या!

नीरजा : अभय! सुनो। मैं तुम्हें इतना अच्छी तरह जानती हूँ जितना अपने आपको। जो तुम कहने से डर रहे हो वो मैं सोचने से भी डरती रही। प्लीज वो बात न कह देना।

अभय : मैं समझता हूँ नीरजा, तुमने बड़े परेशानी के दिन काटे और ये भी कि तुम और कुछ शायद कर भी नहीं सकती थीं। मैं नाराज़ भी नहीं हूँ। बस ये लगता है शायद भाग्य हमेशा उसका साथ देगा, मेरा नहीं। दिवाकर को बिना जाने ही तुम मिल गईं, और जब वक़्त आया कि तुम मेरे पास आओ तो...उसे...और...

नीरजा : अभय!

अभय : क्या?

नीरजा : तुम कहना क्या चाहते हो?

अभय : वही जो तुम जानती हो।

नीरजा : इसमें मेरी कोई ग़लती तो नहीं है।

अभय : ये मैंने कब कहा। पर सवाल है अब आगे क्या होगा? कुछ सोचा है?

नीरजा : हाँ।

अभय : क्या?

नीरजा : अभी बताती हूँ। पहले कुछ मँगवाओ।

[अभय वेटर को बुलाकर कुछ हलके से कहता है। वेटर जाता है।]

अभय : हाँ अब बताओ।

नीरजा : क्या?

अभय : यही कि क्या सोचा है!

नीरजा : किस बारे में।

अभय : देखो बात मत घुमाओ। जब हम एक-दूसरे को पूरी तरह से समझते हैं तो मैं भी तो तुमको जानता हूँ।

नीरजा : पर अभय मैं तुम्हारी तरह शायद स्ट्रोंग नहीं हूँ।

अभय : तो?

नीरजा : अब डर लगता है।

अभय : किसका?

नीरजा : अभी शायद इस स्थिति में इतनी जल्दी मैं कुछ नहीं कर पाऊँगी।

अभय : यानी?

नीरजा : यानी *(स्वर थोड़ा ऊँचा करके)* क्या तुम सोचते हो, मैं अभी उस आदमी को छोड़कर आ सकती हूँ जो अभी जीवन और मौत के बीच में है और जिसका मेरे अलावा कोई सहारा नहीं है।

अभय : मैंने ये तो नहीं कहा। मैं तो ये पूछ रहा हूँ कि आगे क्या सोचा है।

नीरजा : अभय!

अभय : क्या नीरजा?

[नीरजा चुप हो सुबक उठती है।]

अभय : क्या हो गया नीरजा...ओ कम ऑन नीरजा, बी ए ब्रेव गर्ल दैट यू आर। कम ऑन।

[सांत्वना देता है।]

नीरजा : सॉरी।

अभय : कोई बात नहीं। छोड़ो नीरजा आज तुम घर जाओ, फिर कभी बात करेंगे ये सब।

[नीरजा रूमाल से आँसू पोंछती है और पानी पीती है।]

नीरजा : अभय।

अभय : नीरजा, तुम परेशान मत हो। मैं तुम्हारे साथ हूँ और मेरे रहने या मेरी वजह से तुम्हें दुख हो तो मेरा तुम्हें प्यार करने का भी अर्थ नहीं है। चलो तुम्हें घर छोड़ आता हूँ।

[दोनों उठते हैं। नीरजा दो क़दम चलकर रुकती है फिर कुछ क्षण अभय को गौर से देखती है।]

नीरजा : तुम मुझे इतना समझते हो। एंड यू आर सो केरिंग। दैट्स वाई आई लव यू। इसलिए तुम्हारे साथ की ज़रूरत महसूस होती है। चलो...

[दोनों हलके-हलके बाहर चले जाते हैं। वेटर उसी समय दो कप एक ट्रे में लाते प्रवेश करता है और दोनों को जाते अवाक देखता रह जाता है। अँधेरा होना शुरू हो जाता है।]

दृश्य-चार

[पिछले दृश्य की भाँति ही मंच पर उसी रेस्त्राँ का सेट। उसी तरह अभय का और उसके कुछ देर बाद नीरजा का प्रवेश। नीरजा साड़ी पहने है। पिछले दृश्य की तुलना में अधिक व्यवस्थित, परन्तु गम्भीर एव किंचित औपचारिकता का समावेश। बैठने के पश्चात् कभी अभय को और कभी नीचे देखती है। अभय के चेहरे पर पहले प्रसन्नता फिर कौतूहल के प्रश्न चिह्न।]

अभय : कैसी हो नीरजा?

नीरजा : बिलकुल ठीक।

अभय : उस दिन से तो ठीक ही लग रही हो।

नीरजा : हाँ। सॉरी, उस दिन शायद मैं ज़्यादा ही परेशान थी।

अभय : क्यों!

नीरजा : छोड़ो।

अभय : नहीं। बताओ क्या बात थी?

नीरजा : दिवाकर के बारे में...

अभय : क्या हुआ उसे...

नीरजा : क्या बताऊँ?

अभय : बोलो, क्या हुआ था?

नीरजा : डॉक्टर की रिपोर्ट थी।

अभय : क्या!

नीरजा : कि...

अभय : कि!

नीरजा : कि...स्ट्रोक के साथ कुछ नर्वस सिस्टम में भी हुआ है। मैं ये सब जानती नहीं पर शायद दिवाकर कभी भी चल न सकेगा।

अभय : ओ गॉड!

नीरजा : हालाँकि पक्का नहीं है। शंका है। कम से कम बहुत समय लगेगा।

अभय : सैड। बाक़ी कैसा है वह!

नीरजा : कल आराम से सोया। थोड़ी बहुत बात भी की, पर दम बिलकुल नहीं है।

अभय : चलो कम से कम कोई कॉम्प्लीकेशन तो नहीं है।

नीरजा : हाँ, भगवान का शुक्र है।

अभय : आशा है दिवाकर जल्दी ठीक हो जाएगा।

नीरजा : हाँ यही मन्नत मानती हूँ।

अभय : और फिर?

नीरजा : यानी!

अभय : उसके बाद?

नीरजा : अभय...

अभय : मैं पूछ रहा हूँ कि उसके बाद।

नीरजा : तुम कहना क्या चाहते हो?

अभय : मैं कुछ कहना नहीं चाहता। सिर्फ़ तुम्हें याद दिलाना चाहता हूँ, आज से पन्द्रह-बीस दिन पहले की बात।

नीरजा : क्या?

अभय : भूल गईं?

नीरजा : तुम बताओ।

अभय : कभी-कभी पन्द्रह-बीस दिन भी बहुत होते हैं, है ना? मैं तुम्हें याद दिलाना चाह रहा हूँ कि जब तुम उस दिन गई थीं तो ये सोचकर कि कुछ क़दम तुम उठाओगी।

नीरजा : मुझे पता था, यह सवाल होगा।

अभय : तो?

नीरजा : अभय। मुझे कुछ समय दे सकते हो।

अभय : यानी!

नीरजा : तुम मुझको जितनी अच्छी तरह से समझ सकते हो अभय कोई नहीं समझ सकता। फिर कुछ बताने की ज़रूरत नहीं है। तुम जानते हो अभी मैं कुछ नहीं कर सकती।

अभय : यानी कुछ और प्रतीक्षा।

नीरजा : हाँ।

अभय : यानी जब तक वह ठीक न हो जाए...*(घूरकर देखता है नीरजा को)* कितना ठीक, कितना ठीक बोलो। जब तक वह तुम्हारे बिना जीने का दम रख सके इतना ठीक। इतना ठीक वो कब था और अब क्या हो पाएगा। तुम क्या कहना चाहती हो, कह नहीं सकता।

नीरजा : मुझे पता नहीं।

अभय : तो!

नीरजा : तुम क्या कहना चाहते हो।

अभय : मैं सिर्फ़ तुम्हारा निर्णय जानना चाहता हूँ।

नीरजा : तुम चाहते हो वो...

अभय : ओ नो। प्लीज यह कब मैंने कहा। अगर मैं दिवाकर के लिए कुछ कर सकता हूँ तो बोलो। पर जो मुझे लग रहा है कि तुम अब यह महान त्याग करके...

नीरजा : अभय, अच्छा हुआ तुमने कह दिया।

अभय : क्या?

नीरजा : जो शायद मैं नहीं कह पा रही थी।

अभय : यानी।

नीरजा : यानी, अभय, इस अवस्था में मैं दिवाकर को नहीं छोड़ सकती।

अभय : क्यों? तुम उसे प्यार करती हो?

नीरजा : नहीं।

अभय : तो तुम्हें लोगों का डर है?

नीरजा : नहीं।

अभय : फिर क्या है? *(तेज़ स्वर में)*

नीरजा : आई डोंट नो। प्लीज लीव मी अलोन।

अभय : कैसे छोड़ दूँ अकेला। तुम अपने आपको तो सँभाल नहीं पा रही हो। सुनो।

[नीरजा पर्स से रूमाल निकालकर नाक और आँखें पोंछती है।]

अभय : *(शान्त भाव से)* नीरजा सुनो। आज भी तुम पूरी तरह से नॉर्मल नहीं हो। कोई जल्दी नहीं है। कल बात कर लेते हैं।

नीरजा : नहीं। नहीं अभय। जो बात है वह जल्दी ही कर ली जाए तो ठीक है।

अभय : तो बोलो क्या बात है।

नीरजा : यही...*(चुप हो जाती है।)*

अभय : क्या...। *(थोड़ा अशान्त होकर)*

नीरजा : कि...जो हम दोनों इतना आसान समझ रहे थे, शायद इस दुर्घटना की वजह से...पूरी परिस्थितियाँ ही बदल गई हैं...मैं कह नहीं सकती कि मैं भावुक हूँ या मात्र बहुत कमज़ोर...विश्वास करो, जो कह रही हूँ उसकी इच्छा नहीं है पर हटकर चलने का साहस भी नहीं है...मैं बाद की ज़िन्दगी के बारे में भी जानती हूँ।

अभय : तुम यह क्या कहना चाह रही हो। साफ़-साफ़ कहो ना।

नीरजा : यही अभय कि मैं अभी यह नहीं कर सकती जो तुम चाह रहे हो।

अभय : क्या?

नीरजा : दिवाकर को छोड़कर तुम्हारे पास आना।

अभय : नीरजा सोचकर कहो। क्या ये सिर्फ़ मैं चाह रहा हूँ!

[नीरजा चुप रहती है। अभय नीरजा को तेज़

निगाहों से देखता रहता है और नीरजा नज़रें नीचे कर लेती है।]

अभय : क्यों। बोलो। क्या ये सिर्फ़ मैं चाह रहा था। एक बात सुन लो नीरजा, तुम जानती हो मैं तुम्हें चाहता हूँ, बहुत चाहता हूँ, पर मेरा अहंकार अभी भी है। माई ईगो इज़ नाट डेड। पहले भी बता चुका हूँ, मैं तुम्हारे प्यार की भीख नहीं माँग रहा हूँ। न मैंने माँगी थी। न मैं किसी भावना में बहा। ठीक है अभी ज़्यादा बूढ़ा नहीं हुआ हूँ पर इतना कम उम्र भी नहीं कि किसी भावना या आवेश में बह जाऊँ। तुम्हारे साथ रहने का निर्णय एक शुष्क बौद्धिक निर्णय था, ए कूल कैलकुलेटिड लोजिकल डिसीजन। और कदापि मेरा अकेला नहीं। तुम हर पल उसमें साथ रहीं। बल्कि यह मेरा या तुम्हारा नहीं, हमारा संयुक्त निर्णय था। और अगर आज तुम यह कहना चाह रही हो कि तुम इसमें भागीदार नहीं थीं और यह कि तुम अब वापिस जाना चाहती हो...

नीरजा : हाँ, मैं वापिस जाना चाहती हूँ। *(आँखें नीची कर चेहरे को रूमाल से ढकती हुई।)*

अभय : नहीं। समस्या यही है कि तुम वापिस न जाना चाहते हुए भी वापिस जाने की कोशिश कर रही हो। और जानती हो क्यों?

नीरजा : क्यों?

अभय : क्योंकि तुमको आत्मविश्वास नहीं है। डरती हो। पता नहीं किस चीज़ से।

नीरजा : हाँ अभय। मैंने पहले भी कहा था कि मैं तुम्हारी तरह दृढ़ और स्ट्रोंग नहीं हूँ।

अभय : मुझे कमज़ोरी से चिढ़ है। आई हेट वीकनेस।

नीरजा : यू हेट मी। मुझसे भी चिढ़ है?

अभय : तुम मेरे व्यक्तित्व का वो रूप हो जिसे...छोड़ो...नीरजा, मैं सिर्फ़ तुम्हें ये बताना चाह रहा हूँ कि ये जो तुम कह

रही हो ये तुम्हारा नहीं तुम्हारी परिस्थितियों का निर्णय है। परिस्थितियों पर काबू करो, बी स्ट्रोंग वर्ना लाईफ वुड बी हैल।

[कुछ पल की शान्ति]

अभय : नीरजा! क्या तुम सच में मेरे बिना आराम से रह लोगी? क्या इस त्याग में इतना थ्रिल होगा? बोलो।

[नीरजा शान्त रहती है।]

अभय : बोलो!

[नीरजा कुछ पल शान्त रहती है। फिर कुछ गम्भीर होकर]

नीरजा : अभय। मैंने काफ़ी सोचा है और इस निष्कर्ष पर पहुँची हूँ कि शायद हम बहुत आत्मकेन्द्रित और स्वार्थी हो गए थे। पर इस विषय पर मैं बहस नहीं करूँगी क्योंकि बहस में तुमसे कोई जीत नहीं सकता, पर बात ये है कि अभी मैं वो नहीं कर सकती। तुम समझते क्यों नहीं, इतना दम भरते हो मुझे समझने का।

अभय : हाँ। समझ रहा हूँ। यू आर ओनली बींग स्टूपिड।

नीरजा : क्या! से डैट अगेन। *(थोड़ा गुस्सा होकर)*

अभय : तुम अपनी ज़िन्दगी की बहुत बड़ी मूर्खता करने जा रही हो।

[शान्ति]

नीरजा : अभय।

अभय : क्या?

नीरजा : आई लव यू।

अभय : जानता हूँ।

नीरजा : कैसे। अभी तो इतना नाराज़ हो रहे थे।

अभय : क्योंकि अभी तो तूने कहा था कि मैं तुझे समझता हूँ।

नीरजा : सच! क्या सोच रहे हो?

अभय : जो कुछ तुमने कहा है, उसी के बारे में।

नीरजा : सुनो!

अभय : क्या?

नीरजा : मैंने ये तो नहीं कहा कि हमेशा का निर्णय है।

अभय : तो!

नीरजा : मुझे कुछ समय दो। अभय तुम्हें जानने के बाद मैं कहीं, चैन से रह सकूँ, ये सम्भव नहीं है। पर अभी मुझसे ये नहीं हो पाएगा। मुझे कुछ समय दो। फिर...

अभय : यानी!

[नीरजा चुप रहती है।]

अभय : यानी अभी कुछ प्रतीक्षा और है बाक़ी।

नीरजा : शायद।

अभय : नीरजा तुम जानती हो ज़िन्दगी क्या है?

नीरजा : क्या है?

अभय : ये समय, जो शायद हम प्रतीक्षा में बिताएँगे।

नीरजा : तुम दुखी हो?

अभय : कह नहीं सकता।

नीरजा : क्यों?

अभय : क्योंकि जैसे तुम सब जानकर भी असहाय सी हो वैसा ही मैं। मैं जानता हूँ तुम्हारा निर्णय ग़लत है, और ये भी कि...पर शायद कहना बड़ा मुश्किल है कि हम कमज़ोर हो जाते हैं या हमारी परिस्थितियाँ प्रबल हो जाती हैं। ख़ैर, मैं समझ गया।

[नीरजा घड़ी कीं तरफ़ देखती है।]

अभय : तुम्हारे घर जाने का समय हो रहा है। *(कटुता से)*

नीरजा : नहीं। ऐसे क्यों बोल रहे हो?

अभय : कड़ी कड़वाहट भर गई है मन में।

नीरजा : अभय अपने को सँभालो।

अभय : ये क्या विदाई शब्द हैं?

[कुछ पल दोनों शान्त रहते हैं।]

नीरजा : कल कब मिलोगे?

अभय : कल क्यों। जो बात करनी है वो तो तुम आज ही करना चाह रही थीं।

[फिर शान्ति]

नीरजा : अभय, इतना नाराज़ मत हो। मैंने ये तो नहीं कहा कि मैं तुम्हें चाहती नहीं या तुम्हारे साथ रहने का मेरा निर्णय ग़लत था। पर ये अभी नहीं हो पा रहा। शायद भगवान नहीं चाहता।

अभय : अपनी असफलता पर मैं भगवान को दोषी नहीं ठहरा सकता।

नीरजा : जो भी है। बस अभी मैं नहीं।

अभय : यानी प्रतीक्षा ठीक है।

नीरजा : क्या कहना चाह रहे हो तुम?

अभय : कुछ नहीं।

[शान्ति]

नीरजा : क्या हो गया है तुम्हें, कुछ बोलो तो!

अभय : नहीं। ठीक है। मैं प्रतीक्षा करूँगा।

नीरजा : और।

अभय : और बहुत काम हैं मुझे। मैं एक बहुत व्यस्त आदमी हूँ। यूँ तुम्हारे लिए इतना समय निकालता रहा तो मत समझना...मैं अपने जीने के कारण निकाल लूँगा। अच्छा मैं जाता हूँ।

नीरजा : आज छोड़ोगे नहीं।

अभय : हाँ, हाँ। चलो।

नीरजा : अब कब मिलोगे?

अभय : जब प्रतीक्षा का अन्त होगा।

नीरजा : बीच में नहीं मिलोगे।

अभय : नहीं।

नीरजा : क्यों?

अभय : बीच में कुछ नहीं होता। कहीं न कहीं पहुँचना ही चाहिए।

नीरजा : अभय!

अभय : अब चलो। दिवाकर और बच्चे तुम्हारी प्रतीक्षा कर रहे होंगे। *(कुछ पल चुप रहकर)* अच्छा एक बात सच-सच बताओ।

[नीरजा अनिश्चित सी बैठी रहती है।]

नीरजा : क्या?

अभय : तुम मुझसे मुक्ति तो नहीं चाहती हो? तुमको अपने निर्णय पर पुनः शंका तो नहीं हो उठी है?

नीरजा : नहीं!

अभय : सोच लो। मैं फोर्स नहीं कर रहा हूँ कुछ कहने या करने के लिए।

नीरजा : मुझे पता है। मुझे समझने की कोशिश करो। मैं न तो तुमसे अलग होना चाहती हूँ न कोई निर्णय में परिवर्तन, बस...बस मुझे कुछ समय चाहिए।

अभय : नीरजा!

नीरजा : क्या है अभय।

अभय : जानती हो, तुम्हारे भावों से, बातों से बड़ा डर सा लग रहा है।

नीरजा : कैसा डर!

अभय : ऐसा डर कि शायद मैंने तुम्हें अब हमेशा के लिए खो दिया है।

नीरजा : ऐसा क्यों लग रहा है?

अभय : यूँ ही।

नीरजा : अभय!

अभय : तुम डर गई हो आगे का रास्ता देखकर। उस पार पहुँचने के लिए नदी को तो पार करना ही होता है। तुमने शायद निर्णय किया है कि नदी के साथ-साथ चलते रहो, उस पार को देखते-देखते। कभी नहीं पहुँचोगी ऐसे। वो एक क़दम तो उठाना ही होता है।

नीरजा : मुझे कुछ समय दो ना।

अभय : मैं! नीरजा, मैं तुम्हें एक बात बताऊँ। कोई किसी को समय नहीं दे सकता है। आदमी सिर्फ़ अपना समय व्यर्थ कर सकता है। हम और तुम दोनों काफ़ी कर भी चुके हैं।

नीरजा : अभय, अभी मुझसे कुछ नहीं हो पाएगा। मुझे बस कुछ समय के लिए...

अभय : अकेला छोड़ दूँ। क्यों!

नीरजा : बस कुछ समय के लिए। अच्छा अब मैं जाती हूँ।

[नीरजा उठकर खड़ी हो जाती है। उसी समय सारी बत्तियाँ बुझ जाती हैं और मंच पर पूर्ण अन्धकार।]

अभय की आवाज़ : दो मिनट बैठो। लाइट तो आ जाने दो।

नीरजा की आवाज़ : नहीं अब चलती हूँ। पता नहीं लाइट कब आए। वैसे ही देर हो चुकी है।

अभय : नीरजा, सुनो तो।

[शान्ति]

अभय : नीरजा *(स्वर तेज़ होता जाता है।)* नीरजा...नीरजा...

[कुछ पल सम्पूर्ण शान्ति। मंच पर अभी भी पूर्ण अन्धकार है। नेपथ्य से टेलीफोन की घंटी की आवाज़।]

उठाने वाले पुरुष की आवाज़ : हैलो। *(थके से स्वर में)*

[शान्ति]

हैलो...हैलो।

[फोन रखने की आवाज़]

नीरजा की आवाज़ : कौन था?

पुरुष : पता नहीं, कोई बोला नहीं।

[शान्ति-फिर फोन की घंटी की आवाज़]

नीरजा : रुको, मैं उठाती हूँ। हैलो!

अभय की आवाज़ : नीरजा! मैं अभय बोल रहा हूँ।

नीरजा : हाँ। *(दबी सी आवाज़ में)*

अभय : फोन दिवाकर ने उठाया था?

नीरजा : हाँ।

अभय : तुम्हारे पास में है।

नीरजा : हाँ।

अभय : तुम इस समय मुझसे खुलकर बात भी नहीं कर सकती हो। है ना? ख़ैर सुन लो। नीरजा, मैं कुछ समय के लिए बाहर जा रहा हूँ। कुछ साल भी लग सकते हैं इसलिए सोचा तुम्हें बताकर जाऊँ। पर नीरजा याद रखना, तुमने मुझे प्रतीक्षा करने को कहा है। मैं करूँगा। बाई...बाई... नीरजा।

[फोन रखने की आवाज़]

दिवाकर की आवाज़ : कौन था?

नीरजा : कोई नहीं। *(प्रतिध्वनि होती है 'कोई नहीं, कोई नहीं')*

[कुछ देर सन्नाटा रहता है। फिर गोलाकार प्रकाश केन्द्रित होता है मंच पर। अभय दर्शकों की तरफ़ पीठ करे एक रेलिंग के सहारे पर झुका है। नेपथ्य में समुद्री लहरों की आवाज़ें आती हैं, मानो समुद्र के किनारे कहीं सागर को देख रहा हो। नेपथ्य से ही अभय का स्वर आता है—]

ऐसा क्यों होता है कभी-कभी
यूँ ही
न जाने क्यों
चुप हो बैठ जाता हूँ
अकारण
स्मृतियों के बादल आते हैं, छा जाते हैं
और फिर हवा के हलके झोंकों के साथ
उड़ जाते हैं
और मैं भावहीन
बहुत चुप सा
इस तट पर बैठा
देखता रहता हूँ
दिन के थके हुए सूर्य को
सागर की गहराई में डूबते
सोचते
कि इन लहरों में निहित
ये गहराई कैसी है
कौन से रोष हैं इस सौम्यता में
और ये

कि सूर्यास्त इतना करुणामय दृश्य क्यों होता है
और यूँ ही सोचता
न जाने क्या से बोझिल
न जाने किस प्रतीक्षा में
देखता रहता हूँ यूँ ही
सागर में डूबे सूर्य के
धूमिल पद चिह्नों को।

[नेपथ्य से तालियों और शोर-शराबे की आवाज़ों के बीच नीरजा का प्रवेश। चेहरे एवं चाल पर उम्र बढ़ने के स्पष्ट चिह्न। प्रकाश केन्द्रित है दोनों पर। नीरजा अभय के पास आती है और कुछ क्षण खड़ी रहती है।]

नीरजा : अभय!

[अभय थोड़ा चौंककर देखता है मानो खोया था किसी विचारधारा में। अब अभय पर प्रकाश केन्द्रित है। उसके उम्र के भी अधिक होने के चिह्न स्पष्ट हैं, पर चाल-ढाल एवं भावों में तेज़ी है। आँखों पर क़ीमती चश्मा है। कपड़े महँगे और आकर्षक।]

अभय : नीरजा!
नीरजा : हाँ अभय।
अभय : कैसी हो तुम?
नीरजा : तुम कैसे हो?
अभय : ठीक हूँ।
नीरजा : कब आए यहाँ?
अभय : तीन दिन हो गए।
नीरजा : तीन दिन!
अभय : हाँ। तुम्हें कैसे पता चला मेरे आने का?

नीरजा : तुम्हारे सेमिनार के बारे में अख़बार में पढ़ा था। अकेडमी फोन करके पता चला तुम यहाँ ठहरे हो। फिर सुबह फोन किया होटल में तब तक तुम जा चुके थे इसलिए रिसेप्शन पर तुम्हारे लिए मैसेज छोड़ दिया।

[विराम]

नीरजा : कितना समय हो गया मिले हुए। है ना।

अभय : हाँ।

नीरजा : क़रीब दस साल हो गए।

अभय : सच।

नीरजा : अभय!

अभय : हाँ बोलो।

नीरजा : मिलने से पहले बड़ा डर सा लग रहा था।

अभय : कैसा डर।

नीरजा : कि पता नहीं तुम कैसा व्यवहार करोगे। मिलोगे भी कि नहीं।

अभय : क्यों? ऐसा क्यों लगा?

नीरजा : इतना समय जो बीत गया।

अभय : तो उससे क्या होता है।

नीरजा : लोग बदल जाते हैं।

अभय : मैं।

[थोड़ी देर दोनों एक दूसरे को देखते हैं।]

नीरजा : तुम अभी भी काफ़ी कुछ वैसे ही हो। ज़्यादा चेंज नहीं आया।

अभय : नहीं, मैं बिलकुल वैसा ही हूँ। अपने आपको नहीं बदल पाया। पर बाहर बहुत कुछ बदल गया है।

नीरजा : जैसे!

अभय : कुछ दिन पहले मद्रास गया था। जहाँ हम लोग मिले थे। ट्रेनिंग पर। वहीं एक लेक्चर देने के लिए बुलाया

गया था। शाम को मैं निकल पड़ा उसी होस्टल को देखने। होस्टल तो वैसा ही है पर उसके नीचे जो सीढ़ियाँ जाती थीं...

नीरजा : जहाँ मैं गिरी थी!

अभय : हाँ। याद है वो अभी?

नीरजा : कैसे भूल सकती हूँ। कैसी पागलों की तरह भागी थी तुम्हें ढूँढ़ने। समझ रही थी कि तुम गिर गए हो। उसी चक्कर में मैं गिर गई... *(कुछ पल रुकती है।)* हाँ तो तुम बता रहे थे...

अभय : वो सीढ़ियाँ अब नहीं रहीं। वहाँ पर होस्टल का एक्सटेंशन बन गया है।

नीरजा : तुम्हें बुरा लगा होगा ।

अभय : नहीं। मैंने सोचा ऐसी सीढ़ियाँ जिनसे कोई गिर जाए वो ना ही हों तो अच्छा है।

नीरजा : तुम फिलोसोफिकल बात कर रहे हो।

अभय : नहीं। मात्र सच्ची और प्रैक्टिकल।

[शान्ति]

अभय : हाँ वो बरांडा वैसा ही है...

नीरजा : जहाँ गाने गाए थे।

अभय : हाँ। पर सामने की एनेक्सी बन जाने से वो बात नहीं रही। बाहर परिवर्तन हो जाने से वो चीज़ भी जो नहीं बदलती है, वैसी ही नहीं रह जाती है। समय के साथ बहुत कुछ बदल जाता है।

नीरजा : फिर फिलोसफी।

अभय : अच्छा छोड़ो... *(रुककर)* अच्छा ये बताओ अभी भी गाती हो।

नीरजा : नहीं!

अभय : क्यों?

नीरजा : पहले भी कहाँ गाती थी।

अभय : यू आर टैलिंग मी।

नीरजा : नहीं अभय, बस उस दिन, शायद मैं बहुत खुश थी...कुछ तुम्हारी वज़ह से...बस तब गाया। और उसके बाद तो कभी भी नहीं। हाँ... *(कहते-कहते रुक जाती है।)*

अभय : हाँ क्या...बोलो।

नीरजा : कुछ नहीं।

अभय : नहीं...बताओ।

नीरजा : वो जो गाने वाली डायरी थी न...

अभय : वो हरे वेलवेट के कवर वाली।

नीरजा : हाँ...याद है तुम्हें अभी तक...गुड मेमोरी...हाँ उसमें मैंने बहुत और अच्छे-अच्छे गाने लिखे...बस गाया नहीं कभी। *(हँस देती है।)*

अभय : और मेरे ख़याल से वो डायरी अभी भी तुम्हारे बैग में होगी।

नीरजा : हाँ, यू आर राइट। *(ज़ोर से हँसती है।)*

अभय : तुम भी वैसी ही रही...तुम्हारा ये ज़ोर से हँसना भी वैसा ही...

नीरजा : आज बहुत दिनों बाद हँस रही हूँ।

[दोनों चुप हो जाते हैं। कुछ पल शान्ति]

नीरजा : अभय!

अभय : हाँ बोलो।

नीरजा : बहुत समय से तुमसे मिलना चाह रही थी। पर तुम अब कुछ ज़्यादा बड़े आदमी हो गए हो।

अभय : *(हँसकर)* अच्छा। मुझे तो आज पता चला।

नीरजा : नहीं सच। कई बार फोन किया...तुम्हारा सेक्रेटरी तो बस एक ही जवाब देता...साब मीटिंग में हैं, साब कलकत्ता गए हैं, साब... ख़ैर इतने सालों बाद मिलने पर कैसा लग रहा है?

अभय : तुम्हें कैसा लग रहा है?

नीरजा : जैसा तुम्हें।

अभय : मुझे भी वैसा।

नीरजा : यानी!

अभय : यानी, कुछ औपचारिक सा...शायद हम एक दूसरे से मिल नहीं रहे बल्कि छुप रहे हैं।

नीरजा : अभय तुम ऐसी बातें कह कैसे देते हो।

अभय : मन में आती हैं।

नीरजा : मेरे भी आती हैं पर कहने को हिम्मत नहीं होती।

अभय : सच बोलने के लिए ही तो हिम्मत चाहिए।

नीरजा : पर बहुत अच्छा लग रहा है। है ना?

अभय : क्या?

नीरजा : तुमसे मिलना।

अभय : मुझे भी।

[कुछ पल शान्ति रहती है।]

नीरजा : अभय। कब तक हो यहाँ।

अभय : जाना तो आज रात की फ्लाइट से था। पर तुम्हारा सन्देश मिला। अब कल सुबह पाँच बजे की फ्लाइट से जा रहा हूँ।

नीरजा : एक-दो दिन रुक नहीं सकते।

अभय : एक-दो दिन? क्या कह रही हो नीरजा? कल जी. एम. की पोस्टिंग का फैसला होना है। मेरा प्रोमोशन लगभग पक्का है। और अगर हो गया तो मैं चेयरमैन ज़रूर बनूँगा। मेरा वहाँ होना बहुत ज़रूरी है।

नीरजा : अभय!

अभय : क्या?

नीरजा : मैं बस एक दिन रुकने के लिए कह रही हूँ।

अभय : नहीं नीरजा अभी नहीं। मैं फिर आऊँगा।

नीरजा : कोई बात नहीं। और कैसी रही ज़िन्दगी।

अभय : पहले तुम बताओ।

नीरजा : बस वैसी ही। क्या बताऊँ? साल भर व्हील चेयर पर रहकर दिवाकर चलने लायक हुए। बस यूँ ही छोड़ो, दो साल पहले फिर स्ट्रोक हुआ और...

अभय : मुझे पता चला था, सुनकर बड़ा दुख हुआ।

[दोनों चुप रहते हैं।]

अभय : नीरजा!

नीरजा : हाँ!

अभय : तुमने बहुत दुख सहा ना।

[नीरजा चुप रहती है।]

अभय : पर क्यों?

नीरजा : *(कुछ पल चुप रहकर)* उसके बाद मैं यहाँ बम्बई आ गई।

अभय : पता चला था मुझे।

नीरजा : अच्छा तुम्हें सब पता रहा न मेरे बारे में।

अभय : हाँ, तुमसे कभी दूर नहीं कर पाया मैं अपने आपको।

नीरजा : पर कभी मिलने नहीं आए।

[अभय चुप रहता है।]

नीरजा : अभय! एक बात बताओ। तुम्हारा कभी भी बीच में मन नहीं किया कि आकर मिलो, या फोन पर ही बात कर लो।

अभय : *(कुछ सोचकर)* हाँ किया। अक्सर करता था।

नीरजा : फिर। कभी कोशिश भी नहीं की बात करने की।

अभय : नहीं!

नीरजा : क्यों?

अभय : यूँ ही।

नीरजा : यानी!

अभय : बस...मौक़ा नहीं मिल पाया।

नीरजा : नहीं...ये बात नहीं थी।

अभय : फिर!

नीरजा : मैं बताऊँ।

अभय : हाँ!

नीरजा : तुम्हारी ईगो थी। अहं था कि अकेले जलते रहोगे, दूर भी नहीं जा पाओगे पर ख़ुद अपने आप पास नहीं आओगे। मानो तुम्हारी हार हो जाएगी। झुक जाओगे। बोलो यही बात थी ना...

अभय : नहीं ये नहीं...वो फीलिंग एक्सप्रेस करना बड़ा मुश्किल है।

नीरजा : मैं समझ सकती हूँ।

[कुछ पल दोनों शान्त रहते हैं।]

अभय : तुम्हें भी मेरे बारे में...

नीरजा : हाँ, पता चलता रहता था। डॉक्टर काला कभी-कभी मिलने आते रहते थे। तुम्हारे बारे में बताते रहते थे। तुम्हें भी शायद बीच-बीच में मिले हैं।

अभय : हाँ, कई बार!

नीरजा : उनको कभी ज़ाहिर तो नहीं होने दिया मैंने पर पता करती रहती थी तुम्हारा। तुम्हारी हर तरक्की, हर सफलता, सारी ख़बर रखी मैंने।

अभय : पर तुमने भी कभी...

नीरजा : मैं भी...

अभय : क्यों?

नीरजा : उसी वजह से।

[शान्ति]

नीरजा : अच्छा ये बताओ। तुम रुक रहे हो।

अभय : नीरजा, अगर मैं रुक सकता होता तो तुम्हारे कहे बिना ही रुक जाता।

नीरजा : अभय, मुझे तुमसे कुछ बात करनी है।

अभय : हाँ बोलो।

नीरजा : यहाँ नहीं। आराम से।

अभय : मैं आराम से हूँ। बोलो। पूरी रात है बातें करने को।

नीरजा : अभय, तुम्हें याद है, कभी तुम मुझसे मिलने सब कुछ छोड़कर आ जाते थे। तब भी तुम अच्छी पोस्ट पर थे।

अभय : हाँ, ये प्रायरटीज़ का सवाल होता है। तब मैंने तुम्हारे आगे कुछ भी महत्त्वपूर्ण नहीं माना।

नीरजा : फिर अब क्या बदल गया।

अभय : कह नहीं सकता। शायद समय।

[कुछ पल शान्ति]

नीरजा : कोई बात नहीं अभय। मैं समझ सकती हूँ। मैंने हमेशा तुम्हारे बारे में जानकारी रखी। तुम तीन साल कनाडा रहे फिर आकर तरक्की ही करते गए। तुम अपने काम में बहुत ऊँचे पहुँचोगे, मुझे कभी शक न था। पर शायद तुम्हें याद हो, मैंने तुमसे कहा था कि लिखा करो। तुम्हारी तीन किताबें भी मिलीं।

अभय : अच्छा! कैसे?

नीरजा : डॉ. काला दे गए थे।

अभय : कौन-कौन सी।

नीरजा : दो तो कुछ मैनेजमेंट पर थीं...

अभय : पढ़ीं!

नीरजा : *(हँसकर)* नहीं। कोशिश की पर ज़रा हैवी लगीं। हाँ, तुम्हारी कविताओं का भी संग्रह मिला। वो ज़रूर पढ़ा।

अभय : कैसा लगा।

नीरजा : लगा तुम मुझ से कुछ कह रहे हो, कुछ अपनी बात कह रहे हो।

अभय : क्या?

नीरजा : शायद तुम...शायद अनजाने में ही...शायद मुझे नहीं अपने आपको ही ये बताना चाह रहे हो कि...

अभय : कि!

नीरजा : कि तुम मेरे बिना भी जी सकते हो। याद है तुमने एक बार गुस्से में कहा भी था ये।

अभय : हाँ। याद है।

[कुल पल शान्ति]

नीरजा : तुमने भी बहुत सहा ना।

अभय : हाँ!

नीरजा : पर क्यों?

[अभय चुप रहता है।]

नीरजा : तुम्हें ज़रूर जाना ही है तो जाओ। मैं रोकूँगी नहीं।

अभय : क्यों?

नीरजा : पता नहीं। शायद कोई ग्लानि भाव है अभी भी।

अभय : क्या?

नीरजा : एक बार मैं भी तुम्हारे कहने से नहीं रुकी थी।

[शान्ति]

नीरजा : पर ये बताओ तुमने मुझे क्यों नहीं रोका? तुम भी तो मुझे रोक सकते थे। और सालों कायरों की तरह मेरी परिस्थितियों से डरे छुपे रहे। ये तुम्हारी सफलताएँ क्या एक ओढ़नी नहीं रही तुम्हारे मन की सच्चाइयों की। ख़ैर हम दोनों एक से हैं। इसीलिए शायद एक दूसरे को समझते हैं।

अभय : नीरजा, समझ में नहीं आ रहा है तुम क्या कहना चाहती हो।

नीरजा : मैं ये कहना चाह रही हूँ कि तुम एक प्रतीक्षा कर रहे थे। अब वो ख़त्म कर दो। छोड़ दो सब कुछ। अब और भी कम वक़्त बचा है!

अभय : नीरजा, तुम्हें याद है, मैंने एक बार तुमसे कहा था कि

वक़्त की क़ीमत जानो। जो समय चला जाता है वही है जो हम खोते हैं और कुछ नहीं। इसलिए जब राह दिखाई पड़े तो चल देना चाहिए। और जब चलने का समय हो जाए तो राह न भी दिख रही हो तब भी चल देना चाहिए। ख़ुद रास्ते बन जाते हैं। पर बैठे देखते रहने से कुछ नहीं होता।

नीरजा : इसीलिए कह रही हूँ रुक जाओ। बहुत बातें करनी हैं तुमसे।

अभय : नीरजा। ठीक है। मैं लौटकर आऊँगा तब ये सब बात करूँगा।

नीरजा : आज नहीं रुक पाओगे।

अभय : नहीं!

नीरजा : यानी मैं...

अभय : अभी थोड़ी प्रतीक्षा...

[सम्पूर्ण अन्धकार हो जाता है। बार-बार प्रतिध्वनि होती है। कभी अभय और कभी नीरजा की आवाज़ में 'प्रतीक्षा...प्रतीक्षा... प्रतीक्षा'...

नेपथ्य से काफ़ी कोलाहल की आवाज़ें आती हैं। इन आवाज़ों में सम्मिश्रण है ट्रेन की आवाज़ का, नीरजा के अट्टहास, नीरजा के गाने 'हवा भी है, जवाँ-जवाँ' का, अभय के नीरजा को प्यार से आवाज़ देने का।]

नेपथ्य से नीरजा की आवाज़...

नीरजा : रुको अभय कहाँ जा रहे हो। *(विराम)* डॉक्टर साब रोकिए इन्हें, कहाँ जा रहे हैं, गिर जाएँगे सीढ़ियों पर...

पुरुष स्वर : नीरजा जी, आप बैठिए, मैं देखकर आता हूँ। बाहर बहुत अँधेरा हो रहा है।

नीरजा : नहीं...मैं ही...अभय।

[नीरजा की चीख़ की आवाज़]

अभय की आवाज़ : क्या हुआ डॉक्टर काला?

पुरुष स्वर : नीरजा जी शायद गिर पड़ी हैं। आइए देखते हैं।

[पुनः प्रकाश होता है तो मंच प्रथम दृश्य जैसा है। अभय उसी मुद्रा और उन्हीं वस्त्रों में है। गोलाकार प्रकाश तेज़ होता जाता है उस पर। कुछ पल रुककर अभय कुर्सी पर से उठता है और फिर सम्बोधित होता है दर्शकों से...]

अभय : तो मैं कह रहा था कि प्रतीक्षा करना और कल्पना करने का अधिकार मेरा अपना है। कभी-कभी यथार्थ में कुछ उल्लास नहीं होता है। कोई प्रेरणा अगर होती है तो बीते हुए किसी समय की याद में, किसी बिछड़े हुए सहयात्री में।

[पानी का गिलास उठाकर पीता है और फिर बोलता है।]

अभय : मैं व्यस्त रहा। बहुत व्यस्त रहा अपने काम में। मेरा ये कहना बिलकुल झूठ होगा कि बराबर मुझे नीरजा की याद आती रही। पर हाँ कभी-कभी अचानक बिलकुल ही अनएक्सपेक्टेड सिचुएशंस में उसका कुछ कहा, कुछ किया याद आ जाता था। और कभी-कभी मैं यहाँ आ जाता हूँ, एक झूठी काल्पनिक प्रतीक्षा में।

[अचानक नीरजा का प्रवेश। दृश्य एक के समान नीरजा युवती सी, चाल ढाल तेज़, आँखें चंचल एवं सलवार कुर्ता पहने।]

नीरजा : अभय कहीं चलो यार, मैं ये मैस का खाना खाते-खाते बोर हो गई हूँ। वही चावल, साँभर, दही, साँभर चावल, दही...

[अभय केवल देखता रहता है और नेपथ्य से अभय की आवाज़ आती है।]

अभय : आज चलो, तुम्हें प्रौन्स खिलाता हूँ।

नीरजा : प्रौन्स। लवली। यहीं मँगवा लो।

अभय : ठीक है, जैसा तुम चाहो।

नीरजा : ओ अभय, यू आर सो नाइस। अच्छा सुनो, मैं ज़रा आती हूँ फिर साथ खाएँगे, ठीक है। मेरा इन्तज़ार करना।

[अब अभय स्वयं बोलता है।]

अभय : नहीं। अब ये प्रतीक्षा नहीं करूँगा। तुम मेरे साथ चलो। हम साथ चलेंगे।

[नीरजा एक पल अभय को देखती है। दोनों एक दूसरे का हाथ पकड़ते हैं।]

नीरजा : ठीक है, चलो।

[दोनों हलके-हलके चले जाते हैं। प्रकाश कम होने के साथ ही पर्दा गिरता है।]

ooo